# 小さな魚

## モンテ・カッシノの陥落

［新版］

エリック・C・ホガード 作
犬飼 和雄 訳

THE LITTLE FISHES

by Erik Christian Haugaard

# まえがき

「戦争のことを話してよ。戦争ってどんなものだったの？」と、子どもが父親にたずねる。父親は思いだそうとして遠くを見る。

父親はいろいろな顔を思いうかべる。若いころの友人たちの顔だ。みんな「戦争ってどんなものだったの？」ときく子どもをもつこともなく、戦死してしまった。

「ひどいものだったよ」と、父親は考えたすえにいう。そういってから、父親はやさしい人なので、戦争中自分の身におこったことを、ユーモアをこめて子どもに語る。どんなに悲惨《ひさん》なときでさえ、人間は笑《わら》いを失ってはならないものだと思っていたからだ。

本書は、一九四三年に、三人の子どもが、古代ギリシアの叙事詩オデュッセイアのように、ナポリからカッシノまで放浪《ほうろう》した物語である。これは戦争をとおして人間の心やたましいのなかにきざみこまれた、おそろしい話であり、不幸な話であり、また歴史にふくまれている教訓でもある。

「戦争ってどんなものだったの？」という質問に、かつて戦争をした大部分のおとなたちは答えていないが、わたしは、この物語が答になることを願っている。

# 目次

挿絵 ミルトン・ジョンソン

リリアーナとメネニオ・コデルラにささげる

# 小さな魚　［新版］――モンテ・カッシノの陥落

# 1　小さな魚

「きたない水をわかすと、表面にかすがういてくるものだ」その大尉《たいい》はけいべつしたように、ぼくやほかの子どもたちをながめていた。「こいつらそのかすだ！」大尉はきれいな細い指で、ぼくをさした。たぶん、ぼくがいちばん近くにいたからだ。

ぼくは手を出して、ぼそっといった。「隊長さん、ぼくたち、腹《はら》がへっているんだよ」

その大尉はつれのドイツ人のほうを向いた。ドイツ人はぼくに好意的な笑《わら》いを向けた。「だれにもわからんだろ」ドイツ人がへたなイタリア語でいいだした。「どの

# 1　小さな魚

水がきたないのか、だれにもわからんだろ？」

「シーザーを生んだイタリアは、貧しい乞食《こじき》だらけになってしまった。ナポリではな！」イタリア人の大尉はあくたいでもつくように、言葉をはきだした。

ドイツ人はそれに答えなかった。ぼくたち子どもをじっと見つめていた。ぼくたちは少なくとも十人はいた。ドイツ人は小さな革《かわ》のさいふから一枚《まい》のコインをえらびだすと、ぼくたちのほうへ投げた。ぼくからはずっとはなれた場所に落ちたから、拾えそうもなかった。だから、ぼくは、ほかの連中のように四つんばいになって、そのコインにつかみかからなかった。ぼくは二人の大尉を見つめながら、じっと立っていた。

小さな男の子の一人が、年かさの少年にけとばされて泣《な》き声《ごえ》を上げた。それを聞いて、ドイツ人の顔にうすら笑いがうかんだ。「シーザー家がイタリアを支配していた時代には、乞食なんかいなかったと思っているのか？」ドイツ人は、ぼくたちに投げるために、さいふからもう一枚コインをとりだしながら、イタリア人の大尉にいった。

こんどは、そのコインはぼくのすぐ近くに落ちた。ぼくは本能的に――いく日も食べるものがない日をおくっていたから――それにとびつきたかったが、そうはしなかった。心のなかで、どうしてそうしないんだという声《こえ》がした。ぼくは、答えることができなかった。

「むろん、そのころ乞食はいたさ。でも、こんなじゃなかったよ！」

ドイツ人は、イタリア人大尉の返事にあきあきしたようにあくびをした。その瞬間《しゅんかん》、《ドイツ人はこのイタリア人の大尉をけいべつしている、イタリア人の大尉がぼくたちをけいべつしているみたいに》と、ぼくは思った。

二枚目《まいめ》のコインを女の子がつかみとった。その子は、もう一枚投げてくれるのを待ちながら、じっと立ってドイツ人を見つめていた。さっき泣き声を上げた男の子が、ドイツ人のほうへ歩いていった。男の子は、道路の泥《どろ》を手にいっぱいつかんでいた。それをドイツ人に見せながらいった。「隊長さん、お金をくれれば、この泥を食べるよ」

ドイツ人は笑いながらうなずき、二本の指で小さなコインをつまみあげた。男の子は泥を口のなかへ押《お》しこみ、のみこもうとした。泥はかわきすぎていた。男の子はむせながら、泥をはきだしてしまった。ドイツ人が笑うと、ほかの子どもたちもつられて笑いだした。男の子はまた泣きだした。ドイツ人将校《しょうこう》は男の子にコインをやった。

ぼくは笑わなかった。でも、笑うよりだまっているほうが目立つことがある。それで、ドイツ人はぼくを見つめていた。ドイツ人は大きなコインをえらんでほうり投げた。それは、ぼくの右足三センチばかりのところにころがってきた。その上に足をのせるだけで、それはぼくのものになる。ぼくはそうしなかった。ぼくの頭のなかで、「それがあれば、おまえはパンを一本そっくり買えるんだぞ！」とさけぶ声がしていたが、ぼくはそのコインを足でけとばした。

ドイツ人が笑い、イタリア人の大尉もにやりとした。「そんなことをしていると、おまえはなんにももらえないぞ」と、ドイツ人はいぶかるようにいった。そんなこと、ぼくにだってわかっている、とぼくはうなずいた。「きたない水のなかで小さな魚は生きている。そいつらは大きな魚に食われてしまう。ほとんどがそうだ。それでも、うまく逃《に》げて生きていくやつもいる」ドイツ人は、そういって小ばかにしたように敬礼《けいれい》をすると、ぼくたちに背中《せなか》を向けた。イタリア人の大尉がそのあとにつづき、二人は道を遠ざかっていった。

ほとんどの子どもたちが、二人を追いかけていった。あとに残ったのは、泥を食ってみせるといった男の子と、二枚目のコインを拾った女の子だった。男の子がもらったコインを見ようと手をひらくと、女の子がそのコインをひったくった。男の子が泣きだすまえに、女の子は逃げ去った。

男の子の涙《なみだ》は、よごれたほほを流れ落ちた。砂《すな》ぼこりをかぶった風景のなかを、小川がいくすじも流れていくみたいだった。《人間の顔は、ほほえんだり笑ったりするためにつくられているのもあれば、怒《おこ》るようにつくられているのもある。この子の小さな顔は、泣くためにつくられているんだな》と、ぼくは思った。

「小さな魚か」ぼくはドイツ人がいったその言葉をくりかえした。

その子は道路のふち石にすわって泣きつづけていた。手で顔をこするものだから、涙と泥が入りまじってしまっている。ぼくはその子のところへ歩いていった。まえに見たことはあるが、名前は知らなかった。ぼくは、あんなコインではたいしたものは買えないと教えてやりたかったのだが、その子が泣いているのは、お金のことだけではないのもわかっていた。

その子はふいに顔を上げると、しゃくりあげながらいった。「お金をとったのは、お姉《ねえ》ちゃんだよ」そういって、また泣きだした。

ぼくは、同情を見せないようにそっけなくいった。「泣くのはよせよ」

ちびは顔を両手でおおったが、泣きやんだ。

「ついてこいよ」と、ぼくはいった。そして、ちびがついてくるかどうか、ふりかえってたしかめないで、教会に向かって歩きだした。

乞食というものは、すべての人間を、ものをくれるかどうかで評価する。ちょうど、泉《いずみ》を、わきだしてくる水の量で評価するのと同じように。飢《う》えた人間には、食べ物だけが大切なのだ。

飢えは、ほかのすべての感情を押《お》しのけてしまう。でも、ぼくが今話したことがどこから見ても正しいとはかぎらない。この物語のなかでは、ぼくは苦しみやにくしみから言葉を発していることも多いのだ。貧しい人間のさけびが、正しいとはかぎらない。しかし、それに耳をかたむけなければ、なにが正しいかわからないだろう。

教会には三人の神父がいた。カルロは、若くて女の子に人気があり、そのざんげ室には、女の子たちが押しかける。アルマンドは、たいていの人と同じように、自分の利益を追い求め、快適な生活をおくることにしか関心がない。もう一人は年よりで、「じいさん」とみんなに呼《よ》ばれていた。

「じいさん」の僧衣《そうい》は、いつもきたなくよごれており、気がおかしくなってしまっているという人までいた。貧しい人々は「じいさん」のところへいってざんげをし、彼《かれ》はそれを聞いてやっていた。ときどき涙をこぼした。たいていの人は、涙をこぼす神父を尊敬《そんけい》しない。涙は弱虫の流すものだからだ。

教会のなかはひんやりとしていた。ぼくは男の子の肩《かた》をつかみ、「じいさん」ことピエトロ神父のざんげ室へ歩いていった。神父はおばあさんのざんげを聞いているところだった。くつをはいていないその足の裏《うら》を見て、そのおばあさんが田舎《いなか》からやってきたことがわかった。《このおばあさんが、神父さんになにかもってきているとすれば》と、ぼくは考えた。《チキンのようなごちそうではなくて、パンだろう。神父さんにもってくるために、昨晩《ゆうべ》焼いたパンだな》

おばあさんはなにか口のなかでつぶやき、二、三度ため息をついた。片《かた》ひざをついてすわっていたが、やがて、ひざをつきかえた。ぼくはおいしそうなにおいを想像しながら、パンのことをずっと考えていた。男の子はぼくの横に立っていた。その顔には、まだ涙のあとが残っている。《いいぞ!》と、ぼくは思った。男の子はちっぽけな胸《むね》に、やぶれたシャツをまとっていた。ぼくはそのシャツの前を広げた。こうすれば、あばら骨《ぼね》がつきでているのが、神父に見えるはずだ。

やっと、おばあさんのざんげが終わった。神父がなにかいったが、聞きとれなかった。おばあさんは最後のお祈《いの》りをして、十字をきった。ひざがこわばっていたせいか、のろのろと立ちあがると、おばあさんは教会のなかを見まわした。教会のなかは暗かった。ナポリでは、半分以上の市民が飢えていて、ろうそくを買えるような人はいなかった。おばあさんは聖母《せいぼ》マリアの絵がかけてあるところへいき、もう一度ひざまずいてお祈りをした。ぼくは、おばあさんのお祈りがあまり長くならないようにと願っていた。ピエトロ神父のところへいくのは、おばあさんがいなくなってからにしようと考えていたからだ。おばあさんはまるでぼくの気持ちがわかったように立ちあがると、正面の入り口から出ていった。

ぼくは、いそいで男の子をざんげ台にひっぱりあげた。ぼくはその横に立って、神父の姿《すがた》をかくしているカーテンごしにいった。

「ピエトロ神父さん、ピエトロ神父さん」ぼくは神父に聞こえるぐらいの小声《こごえ》でいった。

老神父はカーテンをひいて顔をのぞかせた。ひどい近視《きんし》なので、厚いレンズのめがねをかけていた。

「ぼくだよ、グイドだよ。仲《なか》間《ま》をつれてきたんだ」ぼくは、男の子を神父のほうへそっと

押しやった。

神父は体をかがめて、男の子をのぞきこんだ。「マリア様……」と、神父はつぶやき、男の子の頭の上で十字をきった。

「おなかをすかしてるんだよ」

神父はうなずいた。男の子は、おばあさんがもってきたパンをもう見つけてしまった。パンは、ほんのかたちばかり紙にくるまれて、神父の横のいすの上においてあった。神父は、ゆっくりとパンをとりあげ、僧衣のひだの間からナイフをとりだした。あまりなん度もといだので、刃がほとんど残っていなかった。神父は小さなパンを半分に切り、その一つを男の子にやった。

男の子は両手でパンを受けとると、ちらっとぼくを見あげた。その目は、骨《ほね》をくわえたものの、とられはしまいかとびくびくしている犬の目にそっくりだった。男の子は祭壇《さいだん》の前を通って、教会のなかでいちばん暗いすみっこにかけこんだ。かけこみながら、もうパンにかじりついていた。

ぼくは、パンをわけあうつもりだったので、腹を立てた。すると、「あの子はお祈りをするのをわすれたな」と、老神父がつぶやく声が聞こえた。そのとき、ピエトロ神父が金持ちの家の出だった、ということを思いだした。北部出身で、教会に財産をすっかり寄付《きふ》してしまったのだが、まぬけなので、普通《ふつう》の神父以上にはえらくなれなかったといううわさだった。

「神父さん、ぼくも腹ぺこなんだよ」

神父はぼくを見おろした。片手《かたて》にはパンの残り半分を、もう一方《ぽう》の手にはまだナイフをもっていた。「グイドや、おまえはやさしい子だな。おまえは、あの子がおなかをすかしていたから、つれてきてやったのだな」老神父はほほえみ、ぼくも笑いかえした。でもぼくは、神父の手のなかのパンのことを考えていた。

とつぜん、神父が顔をしかめた。「おまえは、あの子をだしにして、わしからパンをもらおうとしたんではないだろうな？」

ぼくは顔をそむけた。「あの子はコインを一枚もらったんだ。あの子の姉さんがそれをとっちゃったんだ。それで、かわいそうになったんだよ」ぼくはそういいながら、《うそじゃないぞ》と思った。これがカルロだったら、深く考えもせずにうそをついていただろう。でも、ピエトロ神父にはうそをつきたくなかった。

神父はナイフをにぎると、残りのパンを二つに切りはじめた。ぼくはナイフの動きをにらんでいた。パンのまんなかでナイフがとまった。ぼくは老神父をちらっと見あげた。神父はぼくをじっと見つめていた。「わしは今朝パンを食べ、ミルクを飲んだ」老神父はひとりごとのように、ゆっくりといった。神父はパンからナイフをぬきとると、そのパンをそっくりぼくにくれた。

「ありがとう、神父さん」いそいでいいながら頭を下げる一方で、ぼくは目が見えない人のように、パンの皮をなでていた。

「もういきなさい」老神父は疲《つか》れた声でいい、ぼくのためにお祈りをしてくれた。

ぼくはパンを一口も食べずに、ゆっくり歩いた。入り口で聖水《せいすい》に手をひたしてひざまずいた。祭壇と、ざんげ室の横に立っている老神父の姿が見えた。

外へ出ると、ぼくはパンをかじった。まぜもののない小麦粉でつくったパンで、うまかった。太陽は明るくかがやいていた。ぼくはパンのことしか考えていなかった。

とつぜん、「こら、おまえはなにをもっているんだ?」という声がした。

ぼくはとびのいた。それで、カルロにつかまらないですんだ。

「パンだよ。ピエトロ神父さんにもらったんだ」ぼくは背中にパンをかくし、つかまらないようにはなれながら、腹を立てていった。

「盗《ぬす》んだんだな」と、神父はいった。

ばくは頭をふり、階段《かいだん》をあとずさりながら下りた。神父は笑い声を立てた。神父のハンサムな顔が、そのいやらしい笑いでみにくくゆがんだ。「あのおいぼれは、教会のものをみんなくれてしまう。あいつは、おまえのようながきのために、マリア様まではだかにしようとしているんだ」

ぼくには、カルロがなんのことをいっているのかわかった。ピエトロ神父の考えは知れわたっていた。祭壇のそばに立っているマリア様の金の冠《かんむり》を売って、パンを買いたがっていたのだ。ぼくは階段のいちばん下まで下りると、逃げようとみがまえながらふりかえった。もうつかまらない場所にきていたので、カルロに舌をつきだしてやりたかった。しかし、ピエトロ神父にいいつけられては困《こま》る。ぼくはカルロに見せつけるように、パンを口にもっていってぱくついた。カルロは、《そんなパンぐらい、いくらだってもっているのだ》とでもいうように肩をすくめ、背中を向けると、教会に入っていった。

あとでねるときにと、パンの小さなかけらをポケットにしまいこんだ。腹ぺこになるとなかなかねむれないものだが、パンの小さなかけらでもゆっくりかみしめていれば空腹《くうふく》をごまかせる。おとなはレストランへいける。お酒やコーヒーを飲むお金がなくとも、そこでおしゃべりができる。子どもたち、つまり「小さな魚」も、自分たちのたまり場をもっている。ぼくは、「ぼくたちの」たまり場である広場へぶらぶら歩いていった。そこはなんの役にも立たないせまい空地なので、ぼくたちがたまり場にしていられたのだ。

ぼくは集まっている子どもたちから二、三メートルはなれて立っていたが、あの女の子を、男の子の姉さんを見つけた。その子はやせっぽちで、よれよれの服を着ていた。年はせいぜい十歳《さい》か、もう少し下だろう。ぼくのほうが顔半分ほど背《せ》が高かった。ぼくは女の子に近づいていったが、目は近くにいる子どもたちのほうに向けていた。子どもたちは、この近くの商店に泥棒《どろぼう》が押しいった事件のことを話していた。どの子たちがやったのか見当はついていたから、ぼくは内心とくいになって、ほほえみをうかべていた。

「どうして弟からお金をとったりしたんだ?」ぼくはその女の子にばかなことをきいてしまった。女の子は返事をしなかった。「おまえの弟にパンを半分もらってやったんだぞ」と、ぼくはじまんした。

こんどは女の子が顔を上げた。髪《かみ》の毛《け》は長くのびてひどくよごれていた。「あの子はばかよ。泥なんか食べたら死んでしまうわ。先週も、兵隊さんに見せようとして、生きたいも虫を食べちゃったのよ。あの子はばかよ。大きくなれないわ」女の子がきっぱりといったので、ぼくは反対できなかった。

ぼくはポケットに手を入れて、パンのかけらをいじっていた。とつぜん、自分でもおどろいたが、そのかけらを二つにわり、小さいほうをその子にやっていた。ぼくは自分のしていることにあっけにとられ、自分の手を他人の手でもあるかのように見つめた。

女の子がパンをひったくるかと思ったが、その子は二本の指でパンをしとやかにつまみあげ、口にはこんだ。パンはとても小さくて、一口でのみこむことができたのに、女の子は長いことパンをかみしめてからのみこんだ。「ありがとう」と、女の子はいった。「ありがとう……。アンナ、わたしの名前はアンナっていうの」

ぼくは自分の名前はいわなかったが、にこっと笑った。女の子にパンをやったことで満足していたのだ。「いくつだい?」と、ぼくはきいた。

女の子は地面に足で十一という数字を書いた。ぼくは笑って、その横にぼくの年を書いた。

「十二なの」と、女の子はいい、「年のわりには大きいのね」とつけたした。

「アンナ!」女の子は呼ばれて顔を上げた。背中のまがった小さな年とった女の人が、広場のはしに立って手まねきしていた。

「お母さんなのか?」

女の子は横に首をふり、さようならと手をふると去っていった。女の子はその女の人と、この広場に通じているとてもせまい路地へ消えた。《また会うだろうな》と、ぼくは思った。

「グイド」少年の一人が呼んだ。「だれだか知ってるか?」とっさに、ぼくは、アンナのことかと思ったが、子どもたちは、まだ泥棒のことを話しあっていた。

「もちろん、知ってるさ」と、ぼくは答えた。

「だれだい?」数人の子どもたちがさけんだ。

ぼくは彼らに背中を向けて歩きだした。ぼくは広場のずっとはしまでいってから、どなった。

「カルロがやったんだ!」

みんなが笑いだし、ぼくも満足して一人でにやりと笑った。

# 2 家

かたつむりは背中《せなか》に家を乗せてはこぶ。とかげは壁《かべ》にお気に入りの穴《あな》ぐらをもっている。のら犬は人目につかない片《かた》すみをすみかとし、夜になるとそこへ入りこむ。のら犬はにおいで自分のすみかがわかる。どこに住んでいるか町名や番地で住所をいえる人々は、ぼくたちのことを「宿なし」と呼《よ》ぶが、そういう呼び方はまちがいだ。ぼくたちだってみんな、それぞれの家をもっている。

「びっこ」というあだ名の乞食《こじき》は、階段《かいだん》の下でねとまりしていた。そこにぼろきれをしいていたのだが、そのぼろは、だれもほしがらないほどきたないものだった。ある朝、乞食は死んでいた。警官《けいかん》は乞食のことを「宿なし」だといった。ぼくはその場にいたから、警官がそういうのを自分の耳で聞いた。「びっこ」がねているのではなくて、死んでいるのだと気づいたのは、ぼくが最初だった。「びっこ」はカラブリアの出身で、いつも故郷《こきょう》の村をなつかしがっていた。彼《かれ》が死んだとき、最初にぼくの頭にうかんだことは、《「びっこ」は故郷の村へ、土地へ、家畜《かちく》たちのところへ、帰っていったんだ》ということだった。だから、ぼくは悲しくなかった。

「びっこ」は神様に会ったことがあると思いこんでいた。「びっこ」の兄弟たちは、「びっこ」がそんなことをいうもんだから、村から追いだしてしまったのだ。ある日曜日、ミサの最中に、「びっこ」は、神父をうそつきとののしった。神父がどうしてそんなことをいうのかときくと、神様がお命じになったのだといいはった。それ以後、神父は、「びっこ」が教会にくるのを禁じた。その話も「びっこ」はなん度もして、話の終わりにはいつも同じ言葉をはいた。「でもな、教会は神様のものなんだよ、グイド。教会は神様のものなんだ」と。

ぼくはいつも「びっこ」の意見に賛成だった。「びっこ」はなにも悪いことをしなかったし、

だれかが話を聞いてやると、ほんとうによろこんでいた。ほかの乞食たちにからかわれると、きまって声《こえ》を立てて泣《な》きだした。もっとも好んで話したことは、兄弟たちと共有していた土地と、家畜、とくにめ牛のことだった。「グイド、そいつはな、マリア様のようにまっ白でな、それに大きいやつだった。ほんとうに、村じゅうであんなに大きいのはいなかったぞ！」そういうと、「びっこ」はだまりこんでしまったものだ。そんなとき彼の目の奥《おく》をのぞきこめたら、そこには、村じゅうでいちばん大きいめ牛の姿《すがた》が、「マリア様のようにまっ白な」め牛の姿がうつっていただろうと、ぼくはよく一人で想像した。

「びっこ」がくらしていた家は、とてつもなく古い家の階段の下にあった。寒くて、じとじとした場所だった。ほかの乞食たちはだれも、その場所をほしがらなかった。彼が死んだあとは、二匹《ひき》の犬がそこを占領《せんりょう》した。ぼろやがらくたも、みんな犬のものになった。

どうして「びっこ」の話をしたのか、自分でもわからない。「びっこ」は他人にとってはなんの益もない人間だった。ぼくが住んでいた地区には、聖《せい》ヨセフの絵のかかった教会があった。その絵は、小さな色つきの石を寄せ集めてできていた。その石が一つなくなっている。なくなっている石は、聖ヨセフの顔とか衣《ころも》の石ではない。それは右足のサンダル近くにある背景《はいけい》の石である。それでも、そのモザイク画をながめると、石が欠けている場所に目がいき、そこがこの絵の重要な部分であるかのように、目がはなせなくなる。たぶん、「びっこ」のことを話さなかったなら、ぼくの話にも欠けたところができてしまい、《話すべきなのに、話さなかったことがあるな》と思われてしまっただろう。

「グイドの家」、つまりぼくの家は、町の中央にけわしくそびえている山のふもとの洞窟《どうくつ》のなかだった。その山の頂上《ちょうじょう》には、たくさんの金持ちが住んでおり、そこはヴォメロと呼ばれていた。その洞窟は小さくて、なかには、大工の仕事場と、「だぶだぶ」というあだ名の老人の馬小屋とがあった。ぼくはそこを「グイドの家」といったが、大工は大工で自分の家だといい、家賃を大工にはらって馬といっしょに住まわせてもらっている「だぶだぶ」も、自分の家だと考えていた。ほんとうは、洞窟はぼくたちだれのものでもなかった。毎月、大工はローマ通りの事務所へ出かけていき、家賃を役人にはらっていた。役人は、だれのために家賃を集めているのか大工には教えなかった。ぼくも家賃がわりに、「だぶだぶ」や大工の仕事の手伝いをしていた。馬にブラシをかけたり、使い走りなどをしていたのだ。

ぼくたちは洞窟のなかにめいめい自分の場所をもっていた。大工は洞窟の大将《たいしょう》だったので、いちばん広い場所をしめていた。「だぶだぶ」は洞窟の奥《おく》を小さな馬小屋にしており、ぼくは馬のそばの片《かた》すみにいた。その片すみが、「グイドの家」だった。

金持ちは、自分の屋敷《やしき》がなん階建てだとか、まわりの庭がどんなに広いかとか、庭にどんなにめずらしい花があるかとかじまんする。金持ちは、貧乏人《びんぼうにん》のあばら家の前を通るとき、そんな家にも、それはそれでいろいろあることに気がつかない。金持ちが、家のテラスや召使《めしつか》いをじまんするように、それなりによく考え、じまんできるものをもっている。

ぼくは、アンナに初めて会ったすぐあとで、ぼくの家をひときわひきたたせると思われる宝《たから》物《もの》を手に入れた。その宝物がなにかをいうと、笑われると思う。だから、どうしても白状せざるをえないときのように、さっといってしまおう。それはマットレスだ。明るい太陽のかがやくナポリでも、冬の風が山から吹《ふ》いてくると寒くなる。水族館のやしの木も、しめった冷たい風にさからいながら、《こんなところにいるべきじゃないんだ。こんなところにいるべきじゃないんだ》といっているように思われる。

ぼくはそのマットレスを、ナポリが爆撃《ばくげき》されはじめたころに、爆破《ばくは》された家のなかで見つけた。どのくらい、そのマットレスがほうりっぱなしにされていたのかはわからない。カバーはやぶけて、中身がはみだしていた。それでも、戦争中には、どんなにカバーがやぶけていようと、マットレスは貴重品《きちょうひん》だった。買い手を見つけるのはかんたんだったが、初めてそれを見つけたときから、ぼくのものに、「グイドの家」のものにしたかった。

ぼく一人では、そのマットレスは重すぎて洞窟まではこべない。だれか手伝ってくれる者をさがさなければならない。それも、マットレスを見せてもほしがらないようなだれかをだ。ぼくより小さい子がいいと思った。次に考えたのは、警官に見つかるといけないから、夜はこばなければならないということだった。警官のなかには、ぼくたちが、明らかに自分のものでないとわかるものをはこんでいても、横を向いていてくれる者もいるが、大部分の警官は浮浪児《ふろうじ》を目のかたきにしていた。

ぼくは、爆破された建物からはいだすと、「ぼくたちの」たまり場へ出かけていった。午後もおそかった。やがて暗くなるだろう。この時間には、いつものように子どもたちがおおぜい集まっていた。ぼくはふち石に腰《こし》を下ろし、子どもたちをじっと見つめた。ぼくは、知っている名前を一つ一つあげながら、今夜、マットレスの運搬《うんぱん》を手伝ってもらうのは、だれがいちばんいいかと自問自答していた。レナートはくつをはいていない。ぼくからマットレスを盗《ぬす》もうとしないだろうか？　ルイージ……たぶん安心だが、小さすぎないかな？　ぼくは名前をうちけすたびに、こうしている間にも、おきっぱなしのマットレスを、だれかがもっていってしまうかもしれないと心配していた。

アンナが、路地からたまり場へやってきた。背《せ》は高くなかったが、力はありそうだった。アンナとなら、マットレスをはこぶことができそうだ。ぼくは一リラもっていた。一リラで手伝ってくれるだろうか？

「アンナ」と、ぼくはそっと声をかけた。

「なあに？」と、アンナはききかえした。

ぼくが歩きだすと、アンナはついてきた。アンナは利口だから、ぼくから五、六歩はなれてついてくる。なにか重大な話をするときは、だれにも気づかれないほうがいいと心得ていたのだ。せまい小道に入りこむと、アンナがいそいで追いついてきた。「いいものを見つけたんだ。ぼく一人では重すぎてはこべないんだよ。手をかしてくれないか？　マットレスなんだ」

アンナはあんだ髪《かみ》の毛《け》を指にまきつけてもてあそんでいた。「おまわりさんがこわいわ」と、あんまり率直にいったので、こわがっているのではない――少なくとも、ぼくたち以上にはこわがっていないとわかった。

《二リラほしがっているんだな》と、ぼくは考え、顔をしかめた。「今夜はこばなければならないんだ」と、ぼくはいった。「十二時すぎに、ぼくんとこまではこびたいんだ」ぼくはまず、半リラでどうだといってみようと考えた。それなら値上《ねあ》げをすることができるわけだ。相手がもっとほしがるときには、そのほうがいい。でも、ぼくはとにかく手伝ってもらいたかったので口をすべらせてしまった。「手伝ってくれれば、一リラやるよ」

アンナはそっぽを向いた。「マットレスは重いわ」と、アンナはいった。

「でも、そんなに遠くへはこぶんじゃないよ」ぼくはいそいでいった。

ぼくはアンナを待っていなければならなかった。けれど、アンナは約束どおりやってきた。爆破された家を月が照らしだしていた。「そこだよ」と、ぼくはいい、片すみを指さした。

アンナはマットレスをちらっとながめてから、月を見あげた。「グイド、ここは気味が悪くていやだわ」

ぼくはアンナの臆病《おくびょう》を笑ったが、ひっそりと静まりかえったなかで、折れた柱やくずれた壁の影《かげ》が床《ゆか》にうつっているのを見ていると、ぼくもこわくなった。「さあ」と、

ぼくは声をひそめていった。夜、墓地を通りぬけるときのように。

ぼくはマットレスの片はしを、アンナがもう一方《ぽう》のはしをつかんだ。「グイド、重いわ。やめましょうよ」と、アンナがささやいた。

「おまえは約束したんだぞ！」ぼくはどなった。それからもう一度、夜であることもわすれて、同じような大声《おおごえ》でどなった。「おまえは約束したんだぞ！」

ぼくたちは、やっとのことでくずれた壁をこえてマットレスをひきずりだした。寒い夜だった。道路には人影《ひとかげ》もなく暗かった。洞窟へたどりつくのに、一時間以上もかかった。なん度か立ちどまって、休まなければならなかったからだ。

洞窟には大きなとびらがあったが、夜出入りするのは、小さいくぐり戸のほうだった。その入り口は、マットレスをはこびこむことはできたが、アンナでさえ頭をかがめなければ入れなかった。ぼくたちが入っていく音を聞くと、馬が鼻を鳴らした。声をかけてやると、馬はぼくだと気がついた。

ぼくは、自分の場所に小さな木の箱《はこ》をもっていた。そのなかに、大切なものをしまっておいた。その箱をあけ、短くなったろうそくをとりだして火をともした。ちかちかする光が大きな影をうつしだしたが、ここはぼくの家なので、暗い片すみにはこわいものなどなにもなかった。馬のにおいとぬくもりを感じていると、くつろいだ気分になった。

「いいとこね」アンナがほめてくれたので、ぼくはとくいになった。ぼくが馬のおしりをかるくたたくと、馬がしっぽでぼくの顔をはたきかえしたので、アンナが笑いだした。

ぼくたちはマットレスを箱の横の片すみにしいて、二人でその上にねころんだ。「いいとこだわ」と、アンナがまたいった。「おばさんに追いだされたら、ここにくるわ」

「追いだされそうなのか？」と、ぼくはきいた。

「わかんないわ」と、アンナはいった。

「追いだされたら、ここへきてもいいよ」と、ぼくはいった。いってしまってから、そんなことをいったのを後悔《こうかい》した。他人といっしょに住みたくはなかったからだ。

アンナはうなずいた。「手伝い賃《ちん》をちょうだい」

ぼくは上着の内ポケットから一リラとりだして、アンナにわたした。アンナはたしかめてから、服の奥に押《お》しこんだ。ぼくは小さなほうの入り口をあけてやった。アンナは外へ出ると、寒さにみぶるいした。

「ありがとう」と、ぼくはいい、アンナが人っ子一人いない道を帰っていく足音に耳をかたむけながら、入り口に立ちつくしていた。

ろうそくはもえつきてはいなかった。掛《か》け布団《ぶとん》がわりにしていた二枚《まい》の麻袋《あさぶくろ》をひっぱりだしてきて、それを体の上にかけた。ろうそくをとっておくために、吹《ふ》き消そうとした。しかし、ふいに——なんの理由もなかったが——ろうそくをすっかりもやしてしまいたくなった。四、五分間、ぼくは、ろうそくがぱちぱちと消えていく瞬間《しゅんかん》を期待しながら、横になったまま、ろうそくの光を見つめていた。やがて、ろうそくはちかちかとまばたき、溶《と》けたろうのなかへ芯《しん》がたおれた。

《マットレスのためだ》と、ぼくは思った。《マットレスを手に入れたから、ろうそくをすっかりもやしてしまったんだ》

# 3　その日ぐらし

「グイド、苦しみや不幸がな、人生というものだ。わしたち人間は、神様が生命をさずけなすった、骨《ほね》の入っただぶだぶの袋《ふくろ》にすぎないのだ！」

「だぶだぶ」にそういわれると、ぼくはついにやっとしてしまう。この「わしたち人間は『骨の入っただぶだぶの袋』にすぎない」というお気に入りの言葉から、あだ名がついていたからだ。

一九四三年一月の朝だった。「だぶだぶ」は仕事に出かけるため、馬の用意をしていた。その馬はめすで、とっくに働きざかりをすぎていた。少なくとも十五歳《さい》にはなっており、どんなにたくさんえさを食べても、やせてしまう年になっていた。「だぶだぶ」はできるかぎりのものを馬にあたえていた。よく馬とパンをわけあっていたものだ。

「わしのかわいいおひめさまや」「だぶだぶ」は、馬に馬具をつけながら、やさしくなでた。馬はじっと立っていた。大きなとび色の目で、あいている洞窟《どうくつ》の入り口を悲しそうにながめていた。

「おひめさまや、今日は仕事などする日ではないな。でもな、かわりになにができる？　働かねば、食べていけないのだからな」馬が「だぶだぶ」のほうへ顔を向けた。「そうです、王子さま。人生は苦しいものですわ」というようなことを、馬が今にもしゃべりそうに思えた。二人はとても仲《なか》よしで、いつも同じ気持ちでいるらしい。この老人が馬をなぐるのを、ぼくは見たことがない。見ていると、ぼくは小鳥たちに教えをたれる聖《せい》フランシスを思いだす。でも、「だぶだぶ」は聖フランシスとちがって、自分の馬だけしか愛していなかった。犬をこわがって、石を投げつけたものだった。

「だぶだぶ」は、世の中を邪悪《じゃあく》なものだと考えていた。「あのじいさんは都会のまん中に住んでいる隠者《いんじゃ》みたいな人間だ」と、かつてピエトロ神父がいったことがある。この二人の老人は、妙《みょう》に仲がよかった。二人は道で会うと、長いこと話しあっていたものだ。でも、「だぶだぶ」じいさんは教会のミサへいったことはないのではないか、とぼくは思う。たぶん、世間の人々には、この二人はおろかな人間だと思われていて、だからこそ二人は仲よくなったのかもしれない。ぼくはときどき考えた。「だぶだぶ」が世の中をにくむ気持ちと、神父が世の中を愛する気持ちとは、同じ子どものような心から生まれてきたものなのだと。

ぼくは、馬を馬車につなぐのを手伝ってから、「だぶだぶ」が港へ馬をつれて出かけていくのを見おくった。「だぶだぶ」は、けっして馬車に乗らなかった。いつもたづなをもって、大きな車輪の横を歩いていた。馬車に荷物をつんでいないときでもそうだった。

当時のぼくは、その日ぐらしだった。明日の世界は、仕事のある人間だけが期待できるものだった。大工はやってこなかった。材木がないのだ。大工が修繕《しゅうぜん》するはずだった馬車は、洞窟の前におきざりにされていた。ぼくは戸をしめて、寝床《ねどこ》へひきかえし、横になった。昨晩《さくばん》はなにも食べていなかった。おなかがへっていると、朝の寒さがよけいこたえる。ぼくは麻袋《あさぶくろ》をかぶった。しかし、もっている服を全部着ても――ふだんはいているズボンの上に、古いズボンをはいていたが――寒かった。

神様は、じゅうぶんにもてなすことができない貧しい人間のところに、どんどんお客がやってくるようになさったらしい。当時、ナポリの人はみんな、のみをいっぱいかかえていた。ヴォメロに住んでいる金持ち連中にさえ、ときにのみがたかっていた。ぼくは、金持ちや、将校《しょうこう》や、召使《めしつか》いに荷物をはこばせている婦人が、だれも見ていないと思って立ちどまり体をかいているのを見ては笑《わら》っていた。のみはみんな、うまいものを食べている金持ちにたかればいいのだ。あいつらの血はぼくたちのよりずっとうまいにちがいないからだ。ぼくは胸《むね》をかいていたが、そのときには、もう背中《せなか》がかゆくなっていた。とうとう、ぼくはがまんしきれなくなって立ちあがった。

「ぼくの父さんは、アフリカで死んだんだよ。兵隊だったんだよ、隊長《たいちょう》さん。ぼくは、腹《はら》ぺこなんだ！」

その中尉《ちゅうい》は、ぼくが通りを後ろからくっついていくと、ぼくのいっていることが聞こえないかのように、そっぽを向いた。

ぼくは後ろから走りながらどなっていたが、中尉は聞いていたのかどうか。中尉は今朝、同じ話をもうなん人もの子どもたちから聞かされていたのだろうか？

「隊長さん、イタリアのためだよ。神様のために、祖国のために、家族のために、なにかめぐんでおくれよ」

その中尉は立ちどまって、ぼくを見おろした。「イタリアのためだと！」はきだすようにいって笑った。「神様、祖国、家族だと……ナポリでは、乞食《こじき》でもそんなことを知っているんだな」「ほんとうのことなんだよ、隊長さん。ぼくの父さんは、アフリカで死んだんだよ」ぼくは泣《な》きだしそうなふりをして、目をしばたいた。それから、大きく目をあけて、中尉の目を見た。ぼくはそれ以上なにもいわなかった。漁師《りょうし》は魚が食いついたときがわかるように、乞食も自分のつり針《ばり》に相手がかかったのがわかる。中尉は小さなさいふをとりだした。ぼくは手をつきだした。中尉は五十チェンテージミ（当時使われていた貨幣《かへい》単位。一リラの百分の一）くれた。「隊長さん、ありがとう」

中尉は肩《かた》をすくめ、さっきと同じような苦笑《にがわら》いをうかべながら、「祖国のためさ」といい、去っていった。

乞食をするにも一つの技術がいる。人間の心は錠《じょう》のようなもので、鍵《かぎ》をさがさなければならない。しゃべる言葉だけでなく、顔の表情もその鍵になる。ある人は明るい乞食にしかものをあたえたがらないし、ある人は乞食がみじめったらしくしているのをのぞみ、おまえの身の上話はあんまり悲しくないなどという。いばった乞食をよろこぶ人間さえいる。優秀《ゆうしゅう》な乞食は、相手におうじてどんな態度でもとることができるものだ。

「ぼくはみなし子なんだよ。母親のない子どもになにかめぐんでくれよ。おばさん、どうか、この不幸な子どもにおめぐみください」ぼくがつきまとっていたおばさんは、黒ずくめの服装《ふくそう》をしていた。おばさんは両親か、夫か、それとも子どもの喪《も》に服しているのだろうか？　くつはすりきれていた。でも、そのころは、だれのくつもすりきれていた。戦争の最中で、金持ちたちでさえ新しい服をもっていると

はかぎらなかった。

「お願いだから。ぼくは腹ぺこなんだよ」

おばさんはちらっとこっちを見たが、ぼくが見つめていると目をそらした。

「おばさん、お金をもっていないなら、せめてぼくのためにお祈《いの》りをしてくれよ。ぼくの名前はグイドっていうんだ。たったの十二歳だよ。二日間、なんにも食べていないんだ。ぼくのためにお祈りぐらいしてくれよ！」

その女の人は道路をながめわたした。ときとして、これは、じかに見つめられるのと同じぐらい、いいしるしだった。「おばさん、お願いだよ」と、ぼくはささやくような声《こえ》で、そっといった。

その女の人はバッグのなかをかきまわし、十チェンテージミ貨をとりだし、ぼくを見ないでそれをくれた。「ありがとう」と、ぼくは大声《おおごえ》をはりあげ、つっ立ったまま、女の人が歩いていくのを見おくった。

町角で、道路を横ぎるまえに、その女の人はちらっとふりかえってぼくを見た。《めったに乞食にものをやったことがないんだな》と、ぼくは思った。ぼくはその女の人と目を合わせて、にこっと笑った。

ついてる日もあれば、ついてない日もある。だれでも知っていることだ。出だしのいい日が、かならずしもいちばんいい日になるわけでもない。ときどき、冬のさなかに春の明るい日ざしを感じて目をさます。今日はついているぞと思う。おなかがへっていても、十字をきって笑い声を立てる。が、昼にならないうちに、冷たい風が吹《ふ》いてくる。そして、朝、目をさましたとき以上におなかをすかして、その夜ねむることになる。またあるときには、目をさますと、この世の中で自分ほど不幸な者はいないような気がすることがある。体をひきずって通りへ出ていく。するとすぐ、「グイド、これを手伝ってくれ」と、声がかかる。あるいは、初めて会った人にお金をねだると、その人が二リラもくれる。それで、今日は特別の日だと気がつき、あたたかい気分になってくる。マリア様が横目でそっとながめていてくださるのだと思い、目をさましたときのみじめな気持ちをすっかりわすれてしまう。この日は、ぼくにとってそんな日だった。一時までに、ぼくは食べ物をじゅうぶんに買えるお金を手に入れ、そのうえ次の日の分として一リラをそっくりとっておけた。

ナポリにはたくさんの食堂がある。金持ちと貧乏人《びんぼうにん》が、同じ場所で食事をすることもある。金持ちは白い布でおおわれた奥《おく》のテーブルで、貧乏人は裏口《うらぐち》で料理人から残飯を買って。でも、一九四三年の冬までには、給仕人たちが残飯を食べるようになっていた。悲惨《ひさん》な戦争が拡大《かくだい》していたからだ。日ごとに乞食がふえ、めぐんでくれる人はどんどんへっていた。仕事をもとめる人がふえ、仕事は少なくなった。大金持ちはナポリを去って、田舎《いなか》の領地へ帰っていった。田舎からは、貧しくて土地もなく、他人の仕事をしなければ生きていけない人たちがやってきた。その人たちは、ろばやらばのにおいがしみついており、ナポリへくるとすぐに乞食になった。

不幸な乞食たちにも、自分たちの食堂がある。地下室とか道ばたで火をおこし、女の人が骨と野菜のスープをつくり、それをどんぶりに入れて売っている。ぼくはそうした食堂の一軒《けん》へ出かけた。ほんとうに、その日はついていた。ぼくのどんぶりのなかに、大きなあぶらみが一つ入っていた。ぼくはそれをゆっくりかみしめた。もっとスープを買ってもよかったが、ぼくはパンがほしかった。

パンは、肉やほかの生活品と同じように配給だった。でも、ほんとうに貧しい人々は住所がなかった。宿なしで、ナポリの市民ではなかった。彼《かれ》らは登録できなかったから、配給手帳をもっていなかった。配給手帳やパンは、闇市《やみいち》で買わなければならない。つまり、パンをいちばん必要としているものが、いちばん高いお金をはらわなければならなかったのだ。

ぼくは一軒のパン屋へいった。店の前に長い列ができていた。ぼくは配給手帳をもっていなかった。せまい路地を入ると、パン屋の奥へ通じているドアがあった。ここは、ふだんはしめきってあって、錠がかかっていた。ぼくがその入り口に近づいていくと、後ろから、小さなろばにひかれた馬車がやってきた。ごくせまい路地だったので、ぼくはそのドアに体を押《お》しつけて、馬車をよけなければならなかった。ぼくが肩で押すと、ドアがあいた。パン焼きかまどの熱気が流れだし、パンのにおいがただよってきた。馬車が通りすぎてから、ぼくは用心しながらなかへ入りこんだ。そこはせまい物置で、小麦粉やまきがおいてあった。

その物置から広いパン焼き部屋に通じるドアがあった。パン職人たちが仕事をしている音が聞こえてきた。ぼくはつま先立ってドアのところへいき、ドアのかげに体をかくして、すき間からパン焼き部屋をのぞきこんだ。すぐ前に棚《たな》があり、そこにパン焼きかまどからとりだした焼きたてのパンがさましてあった。ぼくは両手をくみ、パン屋のだれにも見つからないようにしてください、とマリア様にお祈りをした。マリア様はイエス様のお母さんではあるが、みなし子のお母さんでもあると思ったからだ。ぼくはかくれている場所から、パン焼き部屋にしのびこんだ。片手《かたて》をのばしてパンをつかんだ。もう少しで悲鳴を上げるところだった。パンがあまり熱かったので、指をやけどしてしまったからだ。ぼくはパ

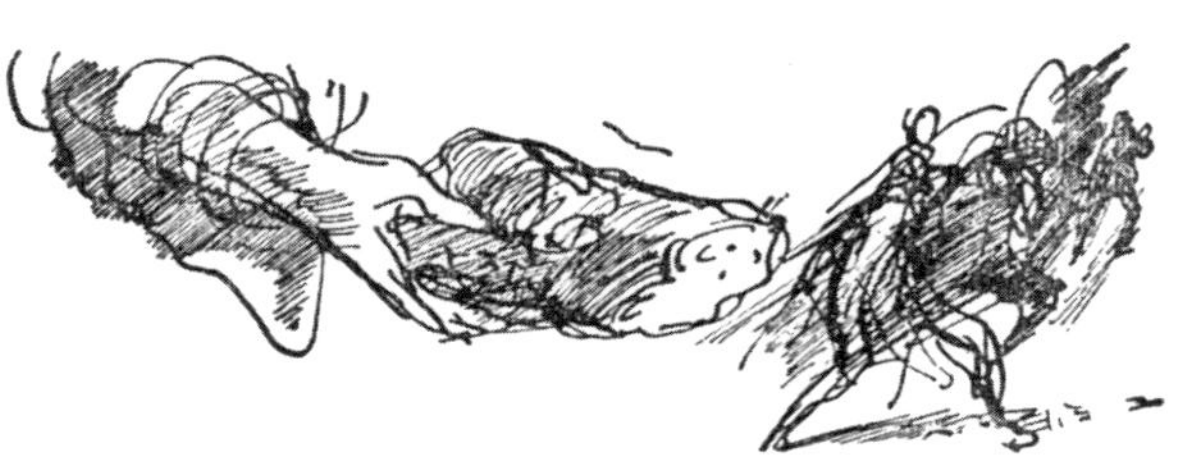

ンを胸《むね》にだきかかえ、物置から路地へとびだした。

ドアをしめながら、「泥棒《どろぼう》だ！」と、怒《いか》りくるったさけび声がするかと思ったが、なんの声も上がらなかった。路地には、ぼく一人しかいなかった。だれにも見られていなかった。そのパンは五百グラムはあった。パンを二つにわって服のなかにかくした。

半分はポケットにしまい、もう半分は食べながら、ぼくは家に帰った。途中《とちゅう》で犬に会った。ぼくはパンを小さくちぎって、犬に投げてやった。このつきを失いたくなかったからだ。その日は、もうだれにもものをねだらなかった。乞食をするのは、働くよりやさしいというが、ほんとうはそうではないのだ。

太陽がようやく姿《すがた》をあらわした。ぼくは洞窟からマットレスをひっぱりだし、棒《ぼう》きれではたいた。それから、「だぶだぶ」がいつも馬に水をやるおけに水をくみ、体を洗《あら》った。もう長いこと、ナポリには石けんなどというものがなかった。飢《う》えが国じゅうに広がっているように、国じゅうがよごれてしまっていた。ほんとうに、ナポリの貧乏人はいつもきたならしかった。よぶんのシャツや、着がえの服があって、よごれたのを洗ってかわかしても、どこもかしこもきたないから、どんなに骨折《ほねお》っても、よごれがまたしみついてしまうのだ。

夕方《ゆうがた》、ぼくはたまり場へいった。みんなの顔には、今日はいい日ではないという表情がうかんでいたので、ちょっとおどろいた。泣いている小さな少年の前を通りすぎた。その少年を見ると、気がめいった。

アンナが弟とふち石にすわっていた。「どうして家にいないんだ?」と、ぼくはいった。「寒いし、女の子が外にいる時間じゃないぞ」

アンナはぼくを見あげて、ほほえんだ。「グイド、パンをもってない?」

「ないさ」ぼくは力をこめていった。暗かったので助かった。そうでなければ、きっと、アンナはぼくの顔を見て、うそだと気づいただろう。

「おばさんが病気なの。ねているのよ」

「それならよけい、家にいなきゃいけないじゃないか!」と、ぼくはどなった。

アンナがぼくのいうことなんて聞くとは思っていなかったのに、アンナはすなおに立ちあがり、弟の手をとると自分が住んでいる暗い通りのほうへ歩きだした。ぼくはあとを追いかけて、ポケットにしまってあるパンをやるんだ、と自分にいい聞かせたが、もとの場所に立ちすくんでいた。

「おやすみ、アンナ」と、ぼくはさけんだ。

広場のはしから、アンナの声がかえってきた。「おやすみ、グイド」

たまり場にきたときは満足していたが、今はみじめな気持ちだった。《明日はつ﹅き﹅がなくなるだろうな》と思い、だれとも話をせずに家へもどった。ぼくはマットレスにころがると、残りのパンを三つにわった。一つは、体があたたまりしだい今夜食べる。もう一つは、明日の朝食用だ。残ったもう一つは、アンナに会ったら、やる分だった。

# 4 グイド

幼《おさな》い子どもたちは、よく自分のたましいが小さな体からぬけだし、体からはなれてしまっているように自分のことを話す。「ルイージは泣《な》いているんだよ」と、小さな男の子は、自分のことをそういい、なぐさめてもらおうと、母親に涙《なみだ》だらけの顔を向ける。やがて、たいていの子どもたちは、「ぼくは泣いているんだよ」とか「ぼくはほしいんだよ」というようになる。しかし、そういう話し方《かた》をおぼえない者もいる——たぶん、そうしたがらないからだろう。

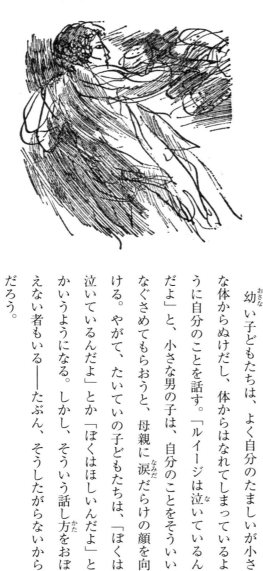

これから話すのはグイドの、つまりぼくの物語だ。いや、ぼくのじゃない。グイドとぼくは同じ人間だが、まったく同じではないのだから。ドイツ人の大尉《たいい》が子どもたちにお金を投げたとき、ぼくはほかの子を押《お》しのけてお金を拾いたかった。グイドのほうはそうしたがらなかった。ぼくはそんなグイドをあざ笑《わら》ったり、ののしったりすることができる。ほかの子どもたちと同じことをしたいからだ。ぼくは、はなれて自分自身を見つめていたくない――少なくとも、悲しいときや、泣いているときは、そうしたくない。ナポリへくるまえに、ぼくの身におこったことを話せば、ぼくのいおうとしていることがよくわかってもらえるだろう。

「グイド！」ぼくは家を見あげた。おばさんが呼《よ》んでいた。「グイド！」

家中のよろい戸やドアは、日中の熱気をふせぐためにしめきってあったから、人が住んでいるようには見えなかった。おばさんは裏口《うらぐち》のドアの前に立っていた。ぼくはどうして呼ばれたかわかっていた。お母さんが家のなかで死にかけているから、お母さんのベッドのところへいって、すわっていろというのだ。ぼくはためらった。そのうち入っていくのはわかっていたが、今はその気にはならなかった。暗い部屋を、ベッドを、枕《まくら》の上のお母さんの顔を思いうかべた。お母さんの顔は、教会の壁《かべ》のくぼみにおかれた聖像《せいぞう》のように、黄色くなっていた。十歳《さい》になっていたぼくが、ベッドのそばのいすにすわり、泣きさけんでいるのが見えるようだった。じっとねているその女の人を見て泣いていた。ぼくはその女の人がこわかったから、もうぼくのお母さんとはいえなかった。これは、家の下の石塀《いしべい》にすわりこみながら、ぼくが頭にうかべたことだった。涙がぼくの目からあふれだした。

「グイドったら！」

ゆっくりぼくは立ちあがり、家へ歩いていった。おばさんの小言が聞こえるぐらい近よると、頭をたれ肩《かた》をまるめた。おばさんはなにもいわないで、はじているみたいに、顔をそむけた。

「お母さんが死んだんだよ」おばさんは泣きだした。

ぼくはじっと立ちつくしていた。ぼくは泣かなかった。お母さんが初めておなかがいたいといったときから、あまり泣きすぎて、涙がもう残っていないような気持ちだった。《もうお母さんのそばにすわれないんだな》と思った。

「ひねくれた子でね……」

お母さんの葬式《そうしき》から二週間たっていた。おばさんが近所の人に声《こえ》をひそめて話していた。

「あの子はだれにもなつかないし、だれとも話をしないんですよ」

ぼくはドアの外にいるのを知らせようと二度せきばらいをしたが、そのあとで、おばさんは、ぼくに聞かせたがっているのだと気づいた。おばさんは、直接文句をいうのにあきてしまったのか、それとも、うるさく小言をいうよりは、こうしたほうが、ぼくがはずかしがるのでききめがあると思ったかのいずれかだ。おばさんの話していることはほんとうだった。ぼくはほとんどだれとも口をきかなかった。悲しみが心深くくいこみ、だれとも話をする気にはなれなかった。

「あの子はね、一日中ひとこともしゃべらないでいるんですよ」

おばさんは、ぼくがこの上もなく悪いことでもしているように、くりかえし非難《ひなん》していた。たぶん、おばさんの目にはそううつっていたのだろう。おばさんはたいへんおしゃべりで、だまっているときでも、手は話をしているように動かしていたものだ。

おばさんには八人の子どもが生まれて、そのうち六人が生きていた。四人がぼくより年上で、二人が年下だった。おばさんは子どもをどなりつけていたかと思うと、すぐそのあとでキスをしたりする。いつも動きまわって料理や洗濯《せんたく》や掃除《そうじ》をしていた。見ていると、ひよこたちをひきつれためんどりを思いだした。めんどりの足には石をむすびつけて、ひよこから遠くへいかないようにするが、おばさんにもそうすべきだ、とぼくはよく思った。夜、働き者のおじさんがねてしまうと、おばさんは部屋の片《かた》すみのマリア様の絵の前にひざまずいた。お祈《いの》りをするのではなく、マリア様におしゃべりをするためだ！　ぼくは、おばさんが村のうわさをくりかえしたり、近所の人の悪口をいっているのを聞いたことがある。ひざまずいて、胸《むね》に手をくみ、マリア様をじっと見あげながら。《そうだ》と、ぼくは暗い空を見あげながら思った。《おばさんはだまっているのがきらいなんだ。ぼくは最悪の罪をおかしているにちがいないな》ぼくは、お母さんが話してくれたことを思いだし、ほほえんだ。「アントニアおばさんはね、いつまでも長生きするわ。神様は、おばさんにうんざりするほどおしゃべりをされたらかなわないから、おばさんを天国におつれにならないし、悪魔《あくま》だってそうしたがらないからよ」お母さんとおばさんの間にはとくに深い愛情はなかった、どちらかといえば、お母さんのほうが思いやりがあった。お母さんは自分がおばさんを愛していないのに気づいていたが、アントニアおばさんは気づいていなかったからだ。おばさんはお母さんを愛していると思いこんでいたのだ。

　おばさんが声をはりあげた。ぼくは思わずふりかえって、ろうそくのあかりに照らされたおばさんの顔を見た。「あの子の母親もむっつり屋でしたよ」と、おばさんがいった。

　ぼくは大声《おおごえ》を上げて笑いだすところだった。お母さんはむっつり屋などではなかった。お母さんがなにもうちあけなかっただけのことなのだが、アントニアには、それがわかっていなかったのだろう。お母さんはほとんどだれとでも親しくおしゃべりをしたのだ。「アントニア」このとき初めて、ぼくは「おばさん」という敬称《けいしょう》をつけずに、その名前を頭にうかべた。

ぼくは家から石塀のほうへ歩いていった。お母さんとよくすわったところだ。塀《へい》のそばにはえているはっかなどハーブのあまいにおいが、ぼくの鼻をみたした。ずっとあとになって、ナポリの野菜売りの前を通り、めぼうきやはっかのにおいをかいだとき、ぼくはお母さんを思いだした。

その晩《ばん》、ぼくはおじさんの家を出ていく決心をした。この家で虐待《ぎゃくたい》されたからではなく、ぼくはこの家の人間ではないと思ったからだ。理由を説明しても、納得《なっとく》してもらえなかったろう。おばさんにとっては、妹やおいは家族であり、家族はみんないっしょに住むものだったからだ。

ぼくがお母さんと住んでいたのは、メッシナ海峡《かいきょう》をこえたシチリア島のメッシナ市だった。お父さんがアビシニアの戦争にいったとき、ぼくはまだ小さかった。おばさんは、お母さんとぼくに自分の家にきていっしょに住むようにといった。お母さんはそれを丁重《ていちょう》にことわった。お母さんは、「メッシナ海峡がおばさんからまもってくれているのよ」と冗談《じょうだん》をいっていた。

お母さんは病気になって実家に帰った。おじさんとおばさんの住んでいる農場は、お母さんの両親のものだった。お母さんはそこで生まれたのだ。

「すばらしいとこなのよ、グイド」と、お母さんは、汽車に乗っているときいった。二度もいった。「グイド、すばらしいとこなのよ」と。

ぼくは窓《まど》から外をながめ、汽車が通りぬけるトンネルの数をかぞえていた。

「でもね、グイド、そこはろうやなの……ろうやなのよ」お母さんの声があまりとげとげしていたので、ぼくは窓からふりむいた。お母さんの顔はまっ青だった。すっかりやせてしまっている。でも、お母さんが死にかけているなんて考えてもみなかった。ぼくはたったの九つだったから。

「おまえは、おじさんやおばさんに気をつけなければいけないよ」

ぼくはうなずいた。

「おばさんはね、いつもきいきいどなっているのよ。あまり利口じゃないの。でも、根は悪い人ではないわ」お母さんはちらっと窓の外をながめた。座席《ざせき》は満員で、ぼくはお母さんにぴったりくっついてすわっていた。「でもね、よくばりなのよ。お百姓《ひゃくしょう》ってみんなそうだけど、土地がほしくてしかたないのよ」

ぼくは、もう一度うなずいた。お母さんのいっていることはわからなかったけど、ぼくはめったに質問しなかった。お母さんがむずかしい問題を理解しようとするとき、ぼくに向かって、子どもに話すようにではなく――おとなに話しかけるようでもなく――自分に向かって話しかけるようにするのに、ぼくはなれていた。

「おばさんは、いつもおまえにうそをつくわ。みんなうそをつくの。うそをつくのがあたりまえのとこなの。あそこの人たちは、自分がいつ、どうしてうそをつくのかも知らないのよ」

ぼくはお母さんに体をすりよせて、ささやいた。「あそこの人たちって、だれのことなの？」

お母さんはだまって笑っていた。ぼくは《お母さんは、もうあそこにいってしまっているんだ。ぼくたちはまだ半分しかきていないのに》と思った。

「女たちよ。男たちもそうだわ。でも、たいていは女たちよ。いつもうそをつくの。うそついておまえをおどしたり、ほめたりするわ。そのあげく、おまえはうそでだめにされてしまうわ」

お母さんのほほに涙が一すじ光っていた。ぼくはお母さんにキスをした。お母さんはぼくをだきしめた。「かわいいグイド」と、お母さんはとてもやさしくいった。


お母さんは、農場にきてから一年近く生きていた。最初のうち、山の空気は、お母さんの体にいいようだった。ぼくたちはよく二人で、サン・マルコ村まで二キロ以上の道を散歩した。しかし、夏に入ると、お母さんはあまりの暑さにすっかりまいってしまった。そのあと、冬の寒さにやられてしまった。でも、秋の間は、ぼくと石塀まで散歩し、そこにすわり、子どものころの話をしてくれた。

お母さんのお父さんは、ぼくがずっと小さいとき死んでしまったので、会ったことがなかったが、おばあさんはメッシナのぼくたちのところへ一度たずねてきた。おばあさんは今でも生きている。税関の役人と結婚《けっこん》したおばさんとバーリに住んでいる。おばあさんはメッシナへ一度だけきたが、ぼくのおぼえていることといえば、黒い服をきた小さな人で、指がとても細くて冷たかったということだけだった。ぼくは、お母さんがおばあさんのことを、若《わか》い女の人のように話すのを聞いていて、ふしぎに思った。若いとは、お母さんのように若いということだ。子どもは人間の一生を三つにわけて考える。子どもまたは子どもらしいころと、おとなと、老人とにだ。

「わたしのお母さんはね、わたしのお父さんをこわがっていたわ。お父さんはたくましかった。鉄みたいにね。でもね、もう死んでしまったわ。お母さんは今でも元気に生きているのにね。あのころ、お母さんはあととりになる男の子を生めなかったから、肩身《かたみ》のせまい思いをしていたわ。女の子ばかり三人で、男の子は一人もいなかったの。そうなると土地はおむこさんのものになってしまうのが、お父さんの悩《なや》みの種《たね》だったの。よめというものは、牛小屋に買い入れたばかりのめ牛のようなものだけど、むこというのは新しい主《あるじ》だわ。むこは土地を自分のものにしてしまうし、年をとった義父が尊敬《そんけい》してもらおうとしても、おむこさんだと小さいときになぐられてこわい目にあってないから無理なのよ。そんなわけで、お父さんはアントニアとジュゼッペを結婚させたの。ジュゼッペがおとなしかったからよ。お父さんは死ぬまで、自分が主でいたがったわ。百まで生きるつもりでいたの。でも、そんなに生きられなかった。ある日、馬車に袋《ふくろ》をつみこんでいてたおれてしまったわ。死んだときは、たったの五十六歳だったの」

こんなふうに、短い秋の午後、お母さんはぼくに話をしてくれた。ぼくはその話を聞いているときもあれば、聞いていないときもあった。ともかく、お母さんは、ぼくがそばにいるだけでいいのだ、とぼくにはわかっていた。ぼくはお母さんの子ども、息子というだけではなかった。ぼくはお母さんのただ一人の仲間《なかま》であり、お母さんが話をしたがっていた、ただ一人の相手だった。

お母さんはほんとうに一人ぼっちで、自分が病気で死にかけているのを知っていた。

「わたしはね、お金で売られたの」

十月の明るく太陽のかがやいている日だった。夏のように暑く、冬のように空気はすみきっていた。ぼくはとかげを見つめていたが、お母さんのその言葉を聞いて、ふりかえって、耳をすました。どれいのように売られたという言葉が、子どものぼくを妙《みょう》にひきつけた。

「グイド、お母さんはいくつだと思う？」

ぼくはじっとお母さんのやせた顔に目をすえた。やせたせいでとび色の目だけがとても大きく見えた。「この前の誕生日《たんじょうび》で二十七歳《さい》だったよ。お母さん、ぼくおぼえてるよ。二十七だよ」二十七歳という年は、若いのかな、それとも年をとっているのかな？　ぼくは考えたあげく、若いにちがいないと思った。

「わたしが結婚したのは、たったの十五のときよ。婚約《こんやく》したときは十四だったの」

十四や十五は、ほとんど子どもの年だった。十四なんてまだ子どもだし、十五だっておとなというよりは子どもだといったほうがいいんじゃないだろうか？

「お父さんも十五だったの？」と、ぼくはいった。

お母さんが笑ったので、ぼくはばかなことをいってしまったのがわかった。ぼくはふりかえって、もう一度とかげに目をやった。

「お父さんはね、わたしたちが婚約したとき三十五歳で、結婚したとき三十六歳だったの」

ぼくは、それを聞いてもおどろかなかった。おとなが年のちがいをどのように考えているのか、子どもには理解できないことだし、子どもはいつももっと年をとりたいと思っているからだ。

「お父さんは……」といいかけて、ぼくはためらった。「いい人だったの？」口がすべってしまった。記憶《きおく》の奥深《おくふか》くに、ぼくをひざの上にのせている軍服をきた男の人の姿《すがた》が残っていた。

「いい人だったわ」と、お母さんはおだやかにいった。「お父さんが悪いのではなかったのよ。悪かったのは、わたしのお父さんと……お母さんもよ。おまえのお父さんはね、持参金もないわたしと、よろこんで結婚してくれたわ。それに、わたしの両親は土地をわける必要がなかったし、大切な水はけのよいやぎの放牧地を手ばなさずにすんだの。おまえのお父さんは中尉《ちゅうい》だったのよ。玉のこしだったわ。みんな満足していた……。わたしはほんの子どもだったから、なんにもわからなかった……。あの人は満足していたわ。そのときだけは、あの人は満足していたのよ」

お母さんが「あの人」というのは、ぼくのおじいさんのことだった。たいてい、お母さんは、自分の父親をそんなふうに呼んでいた。にがにがしくそう呼んでいた。でも、ときどき、お母さんは父親を愛していたんだ――少なくとも、思いやりはもっていたんだと思った。おじいさんはほんとうにたくましい男だったにちがいない。「鉄のようにたくましい」という言葉は、たぶん、おじいさんにこの上もなくぴったりした言葉だったのだろう。お母さんは、自分の母親のことは、めったにしゃべらなかった。いや、そうじゃない。よくしゃべっていたのだ。ただ、記憶《きおく》に残ることを、いわなかっただけなのだ。

ぼくは、「グイドの話」をかんたんにすませたい。お母さん、おじさ

ん、おばさん、それにサン・マルコ村のことはこの物語と直接関係がないから……。

そうはいっても、関係なくはない。一つの物語は、くもの巣みたいなものだ。中心から細い糸が四方八方《ほうぼう》に広がっていき、わずか四、五本の横糸がその間にわたされ——支柱のように——そのくもの巣全体をささえている。

お母さんは春に死に、ぼくは夏にそこを逃《に》げだした。一九四一年の夏だった。そのとき、ぼくは十一歳だった。ぼくの年は十一だったが、グイドの年はそうではなかった。グイドのほうはずっと年上で、ぼくがお母さんにキスをして泣いているというのに、グイドはお母さんのいうことに耳をかたむけ、お母さんを理解しようとしていた。

その農家から逃げだすとき、ぼくは初めて盗《ぬす》みをはたらいた。ぼくが盗んだお金は、もともとぼくのものだった。お母さんは死ぬ二、三週間前、ぼくに二十五リラくれた。そのお金は、葬式《そうしき》のあとで、おばさんにとりあげられてしまった。おばさんを非難《ひなん》するつもりはない。子どもが二十五リラもっていてもしょうがないからだ。おばさんは、そのお金を貯金しておいてやるといった。ぼくは逃げだした夜、台所のマリア様の後ろにかくしてある箱《はこ》から、二十五リラ盗みだした。箱には、五十リラ以上入っていたが、ぼくは二十五リラしかとらなかった。

その夜、ぼくは黒い影《かげ》を、とくにふしだらけのオリーブの木の影を見つめながら歩いたのを、はっきりとおぼえている。しかし、ぼくは、いとこたちとちがって、暗闇《くらやみ》をそんなにこわがらなかった。お母さんもこわがっていなかった。お母さんがいうには、夜歩いている幽霊《ゆうれい》は、幽霊を見た人間の心のなかに住んでいるということだった。夜注意するのは、ころばないようにすることだけだった。

ナポリへいこうと思ったのは、ぼくではなくて、グイドのほうだった。ぼくだったら、きっとつかまって、おばさんの家へつれもどされてしまったろう。ぼくなら、きっぷとか、住所のメモなどまで頭がまわらなかったろう。ぼくなら、駅で駅員にどこへいくのかきかれたとき、笑っていられないで、泣いてしまったかもしれない。

「おじさんとおばさんの家へいくんだ。ナポリに住んでいるんだよ」

ぼくはさっきおじさんの名前を書いたばかりの紙きれをそっと出した。名前の下に、お母さんと住んでいたメッシナのアパートの住所が書いてあった。しかし、メッシナのかわりに、大きな太い文字で「ナポリ」と書いておいたのだ。

きっぷを売っている駅員は、その紙を、ついでぼくをながめた。

「おじさんが、駅に出むかえてくれるんだよ」と、ぼくはいい、窓口《まどぐち》に十リラ札《さつ》を出した。

駅員はぶつぶついっていたが、きっぷを売ってくれた。ぼくはきっぷをつかみ、もう片方《かたほう》の手でおつりをすくいとったとき、その紙きれのことをわすれてしまった。

「おい、ちょっと待て！」

ぼくは駅から逃げだしたくなったが、そのとき、《ナポリまで歩いてはいけないぞ》と思いかえして立ちどまった。そうしたのも、グイドのほうだ。

「住所のメモをわすれているぞ」と、駅員は紙きれをかざしながらいった。「おじさんに会えないときの用心に、もっておいたほうがいいぞ」

「ありがとう」ぼくは紙きれを受けとったが、駅員は安心しなかった。

「ポケットに入れて、なくさないようにしな」と、駅員がいった。

「ありがとう」と、ぼくはもう一度いい、その「おじ」の所書きを注意ぶかくたたみ、シャツのポケットにすべりこませた。

汽車に乗ってしまえば安心だった。こんなにこんでいてはだれもぼくのことを気にとめないと思ったからだ。車掌《しゃしょう》の検札《けんさつ》はなかった。ぼくは大きなナポリの駅を出ると、きっぷを投げすてた。


レストランのならんでいる大きな広場は、まん中に噴水《ふんすい》があり――その噴水からは、水が出ていなかったが――人であふれていた。まだ暗くはなかったが、ぼくは、もう一人ぼっちで不安になっていた。どちらへいったらいいのかもわからなかった。

そのとき、お母さんがいっていたことを思いだした。ぼくがやっと、お母さんは死にかけているんだ、と気づいたときのことだった。「グイド、おまえはたくましくならなければいけないよ。おまえは一人ぼっちなんだからね。鉄のようにたくましくなるんですよ……おじいさんのようにね。でも、親切にもするのよ。そうでないと、おまえもほかの人も、みんなまいってしまうからね。それからね、たくましくなりすぎるのはさびしいものよ。お母さんがおまえを愛してたのをわすれちゃだめよ。わたしにはわからなかったけど、グイド、きっとおまえには愛と強さが大切なものだと、それが人間に必要なただ二つのものだと、わかるわ」

ぼくはかくれる場所、つまりねる場所をさがしながら、広場を横ぎり、お母さんが最初にいった言葉を声に出して自分にいい聞かせた。「グイドおまえはたくましくならなければならないぞ。おまえは一人ぼっちなんだからな」

# 5　老人の死

一九四三年の春になると、ナポリで飢《う》えているのは、貧乏人《びんぼうにん》だけではなくなった。その上、恐怖《きょうふ》が逃《のが》れようのない影《かげ》のようにつきまとった。十二月五日の空襲《くうしゅう》以来、戦争はもう言葉ではなくなり、ぼくたちの生活そのものになってしまった。

戦争の最中は、一人の人間の死――とくに老人の死など――は、ほとんど語る価値《かち》もないことのように思える。「だぶだぶ」じいさんは一人ぼっちの年よりであるばかりか、その上貧乏だった。じいさんに家族が――兄弟や姉妹が――いたのかどうか、いずれにしろ、だれにも家族の話をしたことがなかった。ナポリじゅうで、たった一人の人間しか、彼《かれ》の死を悲しまなかったと思う。ぼくはその一人だ。だから、じいさんの死について話そうと思う。

大空襲のあと、「だぶだぶ」じいさんは、爆撃《ばくげき》の後片《あとかた》づけのために、ほとんど毎日港で働いていた。四月のある日、じいさんはぼくに、いっしょにいって手伝ってくれといった。

「グイド、わしはおいぼれでな。必要なのは馬と馬車で、わしではないのだ。いっしょにいって、わしを手伝ってくれないかな」じいさんは馬車の横を歩きながら、仕事が馬にきつすぎるとぐちをこぼしつづけていた。「グイド、馬というのは田舎《いなか》にいるものだ。都会の道路を歩くものじゃない。馬は草が好きなのだ。わしたちがスパゲッティを好きなようにな」

ぼくはうなずきながら、ぼくたちだって、都会に、セメントと石でできたこの世界に向いてはいないと考えていた。このとき初めて、ナポリを去ろうという考えが頭にひらめき、思ったままを声《こえ》に出していった。それから、「おじいさんは、どうして田舎へいかないの?」とたずねた。

じいさんは地面につばをはき、「田舎か」とぶつぶつしゃべりだした。「田舎ではな、だれも自由にほっておいてくれないのだ。みんなが顔見知りでな。女たちはなんキロもはなれているのに大声《おおごえ》でどなりあうし、それにな、人間はじゃまなのだ。土地がじゅうぶんにないからな」

《そうか、「だぶだぶ」は田舎から出てきたんだな》と、ぼくは考えた。《小さなお百姓《ひゃくしょう》だったので、土地をわけてもらえなかったんだな》ぼくはもっとくわしく知りたかったので、じいさんの顔を見ずにいった。「でも、馬のためには、田舎はいいとこだろ」

「だぶだぶ」は、からかわれているのかと思って、ぼくを見つめていた。ぼくは大きな車輪の木のスポークを、じっと見つめていた。

「馬には、それはいいとこだ」と、じいさんはいった。「馬は人間とはちがうからな。馬はだれにも危害《きがい》をくわえない。犬とはちがうのだ。犬は人間と同じでな。自分の死ぬときも知らないでいる。かみつきあったり、相手を食い物にしたりして生きていく。馬はな、草を食っている。草がなくなると、横になって死んでいくのだ。馬は、十字架《じゅうじか》の上で死んだイエス様のように善良《ぜんりょう》なのだ……。人間はな、やはり相手を食い物にする。人間は、悪魔《あくま》が生命を吹《ふ》きこんだ、骨《ほね》の入ったただぶだぶの袋《ふくろ》なのだ」

ぼくは笑《わら》わなかった。じいさんがたんたんと話していたからだ。ぼくはじいさんの顔を見あげた。じいさんはぼくの目を見て、ぼくがまじめなのがわかったのだと思う。「ピエトロ神父さんはどうなの？　それに、おじいさんは？　やっぱり、悪魔に生命を吹きこまれたの？」

ぼくたちは港の近くにきていた。海面が、はるかかなたで、空とまじわっているのが見えた。《海はかわらない。「だぶだぶ」じいさんが子どもだったころも、海はこんなふうだったにちがいない》と、ぼくは思った。

「ピエトロ神父はな、人間はだれでも善良な人間として生まれたと思っている……。いいや、にくしみや悪意が、その顔に傷《きず》のようにはっきり見える人たちでさえも、善良なものだと思いこんでいる……。神父は自分から目をつぶっているのだ、それで、聖人《せいじん》のように、ものが見えてしまうのだ」

「おじいさんはどうなの？」ぼくは、じいさんが自分のことを、どのように答えるか待っていた。

「わしか？」じいさんはちらっと目をそらしてから、ふたたびぼくと目を合わせると、おびえている子どものように、おずおずとほほえんだ。「おまえたちがわしのことを《だぶだぶ》じいさんと呼《よ》んでいるのは知っている。わしをばかにして笑っているのも知っている。だが、そんなことはどうだっていい」じいさんはちょっと息をつくと、ゆっくりとつづけた。「今はそんなことはどうだっていい……。でもな、以前は、どうでもよくなかった……。わしには、人間がどんなもんだかわかっていない。でも、人間が悪いものではないとすると、わしはがまんがならないのだ。グイド、わしはおいぼれだ、まもなく、なにもかもすんでしまうだろうがな」じいさんはたづなをひいて、馬をとめた。「だれもかまってくれるものがないということは、あまりにおそろしいことだ。苦しいことだらけなのだ、グイド。おまえにも……ほかの子どもたちにも、みんなにとってな」じいさんは後ろの町のほうへ、頭をふった。「人間は悪なのだ、悪のかたまりにちがいないのだ。そうでなければ、あまりにおそろしいことじゃないか」

じいさんは「あまりにおそろしい」という言葉をくりかえした。それから、秘密《ひみつ》をうちあけようとする人のようにほほえんだ。「ピエトロ神父はな、神がいると信じ、それで、苦しみにたえている。わしは……わしは、悪魔がいると信じている。信じているのはそれだけなのだ。悪魔が……悪魔がいるとな」じいさんは悪魔がいるといいながらうつむいた。

「だぶだぶ」がたづなをゆるめると、馬は休憩《きゅうけい》が終わったのがわかって、歩きだした。ぼくは、じいさんのいっていることがわからなかった。ぼくは飢えて貧乏だったが、人生を「あまりにおそろしい」ものだなんて考えていなかったからだ。

ぼくたちが仕事をすることになっている桟橋《さんばし》に着いたとき、ぼくはきいた。「おじいさんのいうように、だれのせいでもないのなら、それなら……」ぼくはためらったが、もう一度くりかえした。「だれも責められないなら、それでも、そんなにあまりにおそろしいことなの？」

じいさんはもう話したがらなかった。彼は頭を横にふった。でも、ぼくは、じいさんがぼくの考えがまちがっているといいたかったのではないと思う。そうじゃない、じいさんは世界に、ナポリに、ローマに、メッシナに、海の向こうにある世界すべてに向かって頭をふっていたのだ。

正午近くなって、ぼくは水平線上に数匹《すうひき》のはえを見つけた――それはほんとうのはえではなかったが。遠くなので、はえのように見えた飛行機だった。四機だった。それらは水面すれすれにとんできた。

「双発爆撃機《そうはつばくげきき》だ！」だれかがさけんだ。二十人以上の人がいっしょに仕事をしていた。ともかく、その瞬間《しゅんかん》、ぼくたちはみんな、飛行機がどうしてここへきたのかをさとり、壁《かべ》の後ろにかけこんだ。

ぼくはまわりの人々の顔をながめた。恐怖《きょうふ》でまっ青になっている者もいれば、なにがおころうと気にもしていないように、落ちついている者もいた。《おじいさんは》と、ぼくは気がついた。

《どこにいるんだ？》ぼくはうずくまっていたが、立ちあがった。

「だぶだぶ」はいなかった！　ぼくは壁の後ろからとびだした。

じいさんは片手《かたて》で馬の首をなで、片手でたづなをにぎって、馬のそばに立っていた。飛行機の音が聞こえた。港の上空を旋回《せんかい》していた。攻撃《こうげき》の目標は、大きなドックのまん中に停泊《ていはく》しているドイツ船だった。ぼくは立ちすくんだまま見つめていた。じいさんのことなどわすれていた。自分のことさえわすれてしまっていた。

飛行機はドイツ船に近づくと、その胴体《どうたい》から爆弾《ばくだん》を落とした。ぼくには爆弾だとわかった。でも、ここからでは、だれも傷《きず》つけない黒い小石のようで、危険《きけん》なものには見えなかった。

おどろくほど大きな音を立てて爆弾が炸裂《さくれつ》し、思わずひれふしたぼくの耳は一瞬《しゅん》聞こえなくなった。船に爆弾があたった。巨大《きょだい》な雲のような煙《けむり》が船から立ちのぼっていた。

三機は、また海のかなたにとび去ったが、残りの一機は方向《ほうこう》をかえると、まっすぐにぼくたちのほうへとんできた。壁のところへ逃《に》げもどりたかったが、もう間に合わなかった。その飛行機は、爆弾は落とさなかったが、機関銃《きかんじゅう》で桟橋をうってきた。飛行機はとても低いところをとんでいたので、プロペラが地上の砂《すな》ぼこりを雲のようにまきあげた。

ぼくは両手で頭をかかえ、うつぶせになっていた。やっと静かになった。おそるおそる顔を上げた。飛行機は、機体をかたむけながら海のかなたにとんでいった。ぼくはうたれていなかった。なんでもなかった。ぼくは立ちあがって、笑いだした。みんなも壁の後ろから出てくると、声を立てて笑った。二十人の人間が声をあわせて笑い、港の沖《おき》では、ドイツ船がもえていた。

ぼくたちはみんないっせいに、笑ってなどいられないのだと気づいたように、笑いをとめた。ぼくはふりかえってじいさんを見た。じいさんか馬がやられているかもしれないなんて、考えてもみなかった。

馬はたおれていた。ほんのちょっとの間、ぼくは馬の後ろに立っている馬車に気をとられた。

ぼくたちはその馬車に、爆撃された倉庫の壁の破片《はへん》をつみこんでいたのだ。

馬の後ろ足は、おきあがろうとするように、まだ動いていた。「だぶだぶ」は馬の頭のそばに、手足を投げだして横たわっていた。ぼくは、じいさんが馬をなぐさめているんだなと思った。しかし、そばへいってみると、じいさんの背中《せなか》に弾丸《だんがん》の穴《あな》があいていた。

四人の男がじいさんを壁《かべ》のところまではこび、そこにねかせた。じいさんは死んでいた。そのとき、一人の男がポケットからジャックナイフをとりだした。刃《は》をひきだすと、馬のほうへ歩きだした。

「いけないよう！」ぼくは絶叫《ぜっきょう》した。

その男はふりかえった。怒《おこ》ってゆがんだような顔をしていた。男はぼくに向かってさけんだ。

「いいかい、おまえ！　いいかい！」

馬は数発の弾《たま》をくらっていたが、死んではいなかった。ぼくに見えるほうの目は、恐怖と苦痛《くつう》で白目ばかりになっているように見えた。

「ごめんなさい！　ゆるして！」と、ぼくはさけんだ。ぼくは恐怖に追いたてられるように、桟橋をかけぬけ、港をはなれた。

町のせまい路地に入りこんで、初めて足をとめた。そこなら建物の壁にさえぎられ、港や青い海は見えなかった。

このことをピエトロ神父に知らせようと思いついたのは、たぶん「だぶだぶ」と神父の話をしていたからだろう。教会に入ったとき、ぼくは息をきらせていた。入り口のわきにおいてある聖《せい》水《すい》に手をひたすまえに、じっと立ちつくし、どくどくという心臓《しんぞう》の鼓動《こどう》が静まるのを待った。

ざんげ室に神父はいなかった。ぼくは、どこをさがしたらいいのかと考えながらひきかえした。

「なんの用だ?」

ぼくはとびあがった。うす暗かったので、カルロがいたのに気がつかなかった。「おじいさんと話がしたいんだ」と、ぼくはいい、いちばん若《わか》いこの神父をちらっと見あげた。どうしてだかわからないが、ふいにぼくは、カルロがこわいというよりにくらしくなった。

「おじいさんだって? だれのことをいっているんだ?」

ぼくは「おじいさん」ではなくて、ピエトロ神父というべきだったのだろう。そんなことはわかっていた。でも、カルロ神父はわからないふりをしているだけだ。ぼくはなん度もカルロが、ピエトロ神父を「じいさん」と呼《よ》んでいるのを聞いたことがある。ばかにした口調で、そう呼んでいた。

「ピエトロ神父さんだよ」と、ぼくはつぶやくようにいった。「ピエトロ神父さんと話がしたいんだ」

おどろいたことに、カルロは十字をきった。

「ピエトロ神父さんと……」ぼくはくりかえしいった。

「ピエトロ神父は死んだよ」

ぼくは頭を横にふり、心のなかでいった。《うそだ、そんなことあるもんか！》

「昨晩《さくばん》、ねているうちに死んだのだ」

「うそだ」と、ぼくはどなった。「うそだ。そんなことあるもんか！」

一瞬、ぼくは、神父が笑っていると思ったが、気のせいかもしれない。「おまえはもう、パンをもらえないのだ」

とっさに、ぼくはいつも教会へパンをもらいにきていたのをわすれた。ぼくは、こんなにひどいうそを今までつかれたことがない、これほどひどいしうちを受けたことがないと思った。体のなかの怒《いか》りが、ふくれあがってあふれだした。

「おまえはよろこんでいるんだな！」ぼくはカルロを指さしていった。「よろこんでいるんだ！これからは、おまえがパンを食べられるからだ！」

神父にほっぺたをなぐられていたかったが、そのくらいでは、ぼくの怒りは静まらなかった。

「おまえは、あの人をにくんでいた！　にくんでいたんだ！　罪をおかしているんだ！」ぼくは教会の入り口へかけだした。ふりかえって、じっとたたずんでいる姿《すがた》を見かえした。その顔は、暗くてよく見えなかった。「おまえはにくんでいた！　おまえが殺したんだ！　ひどい罪をおかしたんだ！」と、ぼくはカルロ神父にさけんだ。

太陽のかがやいている外へ出ても、ぼくはまださけんでいた。しかし、ぼくのにくしみはすっかりなくなっていた。

「二人ともおじいさんだったんだ」と、ぼくはつぶやき、くりかえし自分にいい聞かせた。そういえば、二人が死んだというおそろしい事実に、たえることができそうだった。

# 6 別の世界

「ママ、このお兄ちゃん、きたないよ」と、小さな男の子は、ぼくから母親に目をうつした。母親は台所のテーブルのところに立って、大きな田舎《いなか》ふうのパンをぼくに一きれ切ってくれた。

「貧乏《びんぼう》なのよ」と、母親は男の子にいい、ぼくに笑《わら》いかけた。

ぼくは男の子を見ながら考えていた。

《おまえだって、ぼくのようなくらしをしていたら、そうなるんだぞ》

「このお兄ちゃん、きたないよ」その子はくりかえすと、自分の手をちらっと見た。母親はぼくにパンをくれ、顔をしかめて子どもを見ていたが、そのすぐあとで、髪《かみ》の毛《け》をなでてやった。

「ぶどう酒を飲む?」ぼくはパンをいっぱいにほうばり、口がきけなかったので、うなずいた。

おばさんは、半分ほど残っているびんから、大きなコップにぶどう酒をついでくれた。ぼくはのどがかわいていたので、ごくごく飲んだが、すごくすっぱいぶどう酒だった。飲みながら顔をしかめたにちがいない。

「そんなにすっぱいの?」おばさんは気がとがめたようにいい、ぼくが返事をためらっていると、あわてていいたした。「だいじょうぶだと思ったの。お料理に使っているぶどう酒なの」

ぼくはほほえんだ。おばさんがどのぶどう酒にしようかとまよいながら、長い間、棚《たな》を見つめて立ちつくしていたのを見ていたからだ。

ぼくはパンをちらっと見た。「もう一枚《まい》食べる?」と、おばさんがいった。

「ありがとう、おばさん」と、ぼくは答えてからいいたした。「朝からなんにも食べてないんだ」それはうそではなかった。でも、ありのままをいうとすれば、昨日も食べていなかった。でも、おばさんは、そんなことを信じてくれないだろう。こんどはまえより大きなのをくれると、なにもきかないで、別のぶどう酒びんからコップにぶどう酒をついでくれた。

「どうしてママに、お風呂《ふろ》に入れてもらわないの？」男の子があまりまじめくさってぼくを見ているものだから、ぼくはおかしくなった。

「ママがいないからだよ」

男の子はけげんな顔をした。この子のいる世界はぼくの世界とはちがうし、それに、この子はまだ四つだった。「だれだってママはいるよ。どうしてお風呂に入れてもらわないの？」

ぼくは顔を赤らめながら、もう一度いった。「ママはいないんだよ」

「それなら、どうしてアンナが入れてくれないの？」

ぼくは、アンナといわれて、友だちのアンナを思いだし、にやりとした。彼女《かのじょ》のほうが、まちがいなくぼくよりずっとときたなかった。

「アンナというのはね、うちの女中のことなの。ときどきお風呂に入れてもらっているのよ。この子は、どこの家にもアンナがいると思いこんでいるの」おばさんが笑うと、男の子は困《こま》った顔をした。たぶん、なにかばかげたことをいってしまったとわかったのだろう。

「どうしてママは、このお兄ちゃんをお風呂に入れてやらないの？」

おばさんが大きな声《こえ》を立てて笑ったので、ぼくはこの家からとびだしたくなった。おばさんはそんなぼくに気づくと、やさしくいった。「ジョルジョ、入れてあげましょうか」ぼくは一歩あとずさって、逃《に》げだそうと身がまえた。

「冗談《じょうだん》よ。そんなへんな顔をしないでね」

ぼくは二人に背《せ》を向けた。ぼくは腹《はら》を立てていた、とくに母親のほうに。

「あなたはいくつなの？」

「十二だよ」と、ぼくは答え、手ではなをふいた。

「ハンカチでふかないよ。ハンカチでふかないよ！」ジョルジョが、おかしそうにはやしたてた。

「あなたの名前はなんというの？」

「グイドというんだ」

「グイドね」おばさんはゆっくりとくりかえすと、ちょっと間をおいてから、いい名前だわといった。

ぼくは名前がいいとか悪いとか考えたことがなかった。名前は石のようなもので、それだけのものだった。

「どこに住んでいるの？」

「下のほうだよ」ぼくはそういって、床《ゆか》を指さした。ぼくはその日の午後、ヴォメロで——それは洞窟《どうくつ》のずっと上のほうの、丘《おか》の頂上《ちょうじょう》の地区だが——ものをもらい歩いていた。

ヴォメロには三軒《けん》の親切な家があって、その家では、なにかくれないということはめったにな かった。この家は、その三軒目だった。名前を聞いたのは初めてだったが、ぼくはその女中を知っていた。彼女は主人の家の食べ物を、気前よくぼくにめぐんでくれた。ぼくはもう、ほかの二軒の家はまわっていた。一軒は空家になっており、そこの家族はナポリから立ち去っていた。もう一軒では、ぼくは伯爵《はくしゃく》からじかに十リラもらった。ヴォメロでなかったら、さっそく店にとびこんで、三軒目の家にはこなかったろう。ヴォメロにはほんの二、三軒の店しかなく、ぼくが入っていこうものなら、泥棒呼《どろぼうよ》ばわりをされたかもしれないからだ。

伯爵はふうがわりな人だった。いつも神父の着ている僧衣《そうい》のような、足元までたれさがった黄色のガウンを着ていた。初めて伯爵の家にいったとき、ぼくは召使《めしつか》いに追っぱらわれただけでなく、びんたまでくらった。ぼくは家の外へ出て、その家につばをはきかけた。あんなに腹《はら》を立てていなければ、その老人がぼくに声をかけたとき、逃げだしてしまったろう。

「ちびや、おまえはどうしてわしの家につばをはきかけるのだ?」老人は二階の窓《まど》から顔をつきだしていた。冬のことで、首に赤いフランネルのえりまきをまきつけていた。「こっちにあがってきなさい」老人は手まねきをして、顔をひっこめ、窓をしめた。

最初ぼくは逃げようと思ったが、そのあとで、もう一度この家につばをはきかけ、こわがってなんていないところを見せつけるように、ゆっくり立ち去ろうかと思った。ぼくはそのどちらもしなかった。ぼくにびんたをくらわせた召使いがドアをあけてくれるまで、おとなしく待っていた。ドアがあいたとき、ぼくは一歩あとずさった。

「ご主人様がおまえと話したいそうだ」ぼくが、召使いについていくそぶりを見せないでいると、召使いがいった。「こわがらないでいいんだ」

ぼくは、逃げようとしていたのをさとられないように、いばりくさった顔をしながら、ドアに近づいていった。

「おれがなぐったことを、だまっているんだぞ」

「どうしていっちゃいけないんだ?」と、ぼくはいいかえした。ぼくは、えりまきをまいた伯爵ほどこの召使いがこわくなかった。

「だまっていれば、五十チェンテージミやる」ぼくが手を出すと、召使いが手のなかに五十チェンテージミ貨を押《お》しこんだ。そのあとで、召使いはなにかぶつぶついっていたが、ぼくには聞きとれなかった。

《おじいさんにいいつけてやるぞ》と、ぼくは思った。《なぐった、といいつけてやるんだ》

しかし、伯爵の前に出たとき、ぼくはなにもいわなかった。広い部屋や家具や壁《かべ》にかかっている絵に圧倒《あっとう》されてしまったからだ。

「どうしておまえは、わしの家につばをはきかけたのだ?」

「貧乏だからだよ」ぼくはつぶやくようにいって、肩《かた》をすくめてみせた。

「金持ちは貧乏人《びんぼうにん》につばをはきかけ、貧乏人は金持ちにつばをはきかける。それが民主主義というものだ」

ぼくは「民主主義」という言葉の意味を知らなかった。だから、老伯爵《ろうはくしゃく》から目をそらした。反対側の壁に、レースの夜会服を着た婦人の大きな肖像画《しょうぞうが》がかかっていた。老人は、ぼくがなにに見つけられているか気づくといった。「わしの祖母の肖像画だ」

ぼくは考えもしないできいた。「おばあさんは死んだの?」

そうきくと、老人は笑いだした。「わしは七十一だぞ」

ぼくはばかなことをいったのに気づき、顔が赤くなった。伯爵はやさしい人だったから、それ以上ぼくを困らせないように、顔をそむけてくれた。

「みなし子なのかね?」ぼくはうなずき、「お父さんはアフリカで戦死したんだ」と、いつものきまり文句をいいかけたが、この美しい部屋のなかでは、そんなことをいいたくなかった。

「週に一度、ここへきてもよい」伯爵はガウンの大きなポケットからさいふをとりだして、ぼくに二リラくれた。「週に一度だぞ。それ以上はくるなよ」

ぼくはおじぎをして、ありがとうといった。老人はほほえみをうかべていた。しかし、そのすぐあとで、顔をしかめていった。「わしは、おまえがちびだからといって、なんでもやろうとは思っていないのだ。さあ、もう帰りなさい」

もう一度、ぼくはおじぎをした。ふりかえると、さっき召使いがしめたドアが、もうあいていた。「ジャコモ、この子は週に一度きてよいのだぞ」

召使いは、たった今いわれたことに満足したみたいにほほえんだ。ドアをしめると、その顔から笑いが消えた。

《ドアのそばで耳をすましていたな》と、ぼくは思った。《でも、聞こえるもんか》

「いわなかったよ」と、ぼくは大声でいった。

召使いはぼくが通りへもどるまで、ひとことも口をきかなかった。ぼくが通りへ出ると、後ろからどなった。「いいか、一週間に一度だけだぞ」

ぼくは長いこと、老人が顔をつきだした窓を見つめて立ちつくしていた。ジャコモに向かって舌をつきだしてやりたかったが、なにもしなかった。そのときは、ぼくは二度とここへはこないぞとちかった。でも、またいってしまった。おなかがへって、そんな誇《ほこ》りにかまっていられなかったからだ。

話しついでに、老伯爵と別れたときのことも話してしまおう。そのとき、伯爵はぼくに十リラくれた。

まえにいったように、その日、ぼくが最初にいった家は、空家になっていた。家族はいなくなっていた。伯爵の家にまわったとき、入り口であの召使いと会った。召使いはぼくを家のなかへ入れてくれなかった。みんな荷づくりをしているから、ぼくにかまっているひまなどないのだといった。ぼくはおなかがぺこぺこだったので、伯爵に聞こえるようにと、大声を出した。

二階の部屋のドアがあき、伯爵がどうしたんだとどなった。ぼくは召使いに答えさせないよう、すばやくどなりかえした。「ぼくだよ、ちびだよ！」老伯爵はいつもぼくをそう呼《よ》んでいた。

「上がってこい」と、伯爵がいった。ぼくはどうだ、とジャコモを見てにやりと笑った。召使いはぼくをにらんだ。

おどろいたことに、伯爵は外出着を着ていた。部屋のなかは半分からっぽになっていた。ぼくはレースの夜会服を着ている婦人の肖像画をさがした。なかった。肖像画のかかっていた壁に、白っぽい四角いあとが残っていた。

「ところで、ちびや、おまえはさようならをいいにきたのかね？」

そうではなかったが、ぼくはうなずいた。ぼくは毎週もらっていた二リラをもらいにきたのだ。

「船長は、船からいちばん最後に脱出《だっしゅつ》するそうだがな」伯爵はほとんど家具のなくなった部屋を見まわした。「ところが、そんなことはうそなのだ」

《なんのことを話しているんだ？》と、ぼくは心のなかでいった。《伯爵は船長じゃないし、ナポリは船じゃない》ぼくはきいた。「いってしまうの？」そんなことをきくのはばかげているとわかっていたが、なにかいわなければと思ったのだ。

「そうだ……」老人は言葉を切った。きっと、そのあとに「ちびや」といおうとしたのだと思う。しかし、老人は思いなおして、ぼくの名前をきいた。ぼくがもぐもぐと名前をいうと、伯爵はいいかけていた話のつづきをいった。「そうだ、グイド、わしは出ていくのだ。年よりだし、もうもどってはこられまい」

そういってから、さいふをとりだし、ぼくに十リラ札《さつ》をくれた。「さあ、帰りなさい。おまえは若《わか》いのだからな」伯爵はぼくの肩《かた》をかるくたたき、若いということが、今までにまして大切なことでもあるかのように、くりかえしいった。

玄関《げんかん》でジャコモに会った。すると思いもかけないことが、奇蹟《きせき》のようなことがおこった……。いや、奇蹟なんていうことじゃない、そんなにだいそれたことじゃない。ジャコモが、ぼくに五リラくれたのだ！　ありがとうをいいたいと思っていると、彼《かれ》はぼくをドアの外へ押しだした。ジャコモにとって五リラは大金だ。ぼくの一リラと同じだった。

「下のほうはひどいの？」

ぼくは伯爵と召使いのことを考えていたので、おばさんがなんの話をしているのかわからなかった。

「ひどい爆撃《ばくげき》があったんでしょう。こわくなかったの？」

「こわかったよ」と、ぼくは答えた。おそろしい爆撃だった。それはナポリの港以外の場所が、初めてやられた爆撃だった。爆弾《ばくだん》がナポリのいたるところに落とされた。ぼくの住んでいる地区はやられなかった。空襲《くうしゅう》のあとで、ぼくはいちばんひどく爆撃された場所へいってみた。兵隊が爆撃された家から、死体やけが人をひきずりだしていた。

「こわかったよ」

ぼくは、おばさんがこわがっているのがわかると、復讐《ふくしゅう》でもしたように満足した。そのすぐあとで、そんなことを思ったのがはずかしくなった。それで、ぼくはいった。「おばさん、だれだってこわいんだよ」

どうしてだかわからないが、ぼくがそういうと、おばさんは失望したみたいだった。

「なんてひどいことになったんでしょう！」と、おばさんは悲しげにいった。

ぼくはジョルジョの顔に気がついた。ジョルジョは貧乏人の子どもがよく見せるような、おどおどした表情で、母親を見ていた。母親が悲しんでいるので、ジョルジョも泣《な》きそうだった。

《この子、お母さんのいっていることがわかっていないんだな》と、ぼくは思った。《でも、お母さんが絶望しているのを感じているんだ。小さい子どもは、いつもそうなんだ。両親が困っていると、子どもは悲しくなるんだ。どうして苦しんでいるのかわからなくても、そうなんだ》ぼくは男の子に笑いかけたが、男の子は顔をゆがめてぼくを見かえした。男の子は、母親に笑ってもらいたがっていたのだ。

「そろそろいかなくちゃ」と、ぼくはいった。「暗くならないうちに、帰りたいんだ」

おばさんは唇《くちびる》をかんで、男の子を見おろしていた。「わたしは一人ぼっちなの。アンナは姉《ねえ》さんのとこへいっていないし、夫はローマにいるのよ」

おばさんはこわいから、ぼくにいてもらいたがっているのだ、とわかった。おばさんはパンをもう一きれ、サラミソーセージまでそえてくれた。

「アンナは、すぐもどってこないの？」と、ぼくはきいた。

「暗くならないうちに、もどってくるといっていたわ」おばさんは残っていてくれというように、ぼくを見ていた。おばさんのいいたいのは、《それまでいてよ》ということだったのに、口には出さなかった。

ぼくが残っていたくなかったのは、ヴォメロの警官《けいかん》がこわかったからだ。ここの警官は、ナポリのどこの警官よりもきびしかった。彼らは夜、街で浮浪児《ふろうじ》を見つけると、つかまえて孤児院《こじいん》につれていってしまう。ぼくがそのことをいおうとしたちょうどそのとき、ほえるような長いサイレンの音が聞こえてきた。家の裏《うら》のほうからだ。三度目のサイレンの音がしたとき、ジョルジョが泣きだした。

《ケーブルカーの駅のほうだな》正確な場所を見きわめるのが重要なことでもあるかのように、ぼくはそう思った。

「すわってちょうだい。ここにいなくてはいけないわ」

おばさんの目がとても大きく見えた。《こわがっているんだ》ぼくはおばさんと男の子の向かいにすわりながら、そう思った。男の子は声《こえ》を上げずに、めそめそ泣いていた。

# 7 空《くう》襲《しゅう》

「ここは爆撃《ばくげき》されないわ……。ヴォメロはだいじょうぶ」

おばさんは、お祈《いの》りでもしているように手をくみあわせ、ほほえんだ。おばさんの唇《くちびる》が、お母さんのようにあつくなくてうすいのに気づいた。

「そう思うでしょ?」と、おばさんがおどおどといった。

「そうさ」と、ぼくはいった。「また港だよ。それともポッツォーリかどこかの工場だよ」ぼくは声《こえ》には出さなかったが、心のなかではこう思ってい

た。《港とか工場のそばには、貧乏人《びんぼうにん》ばかりが住んでいるんだ》

「でも……まちがってということがあるでしょう……」おばさんはささやくようにいい、下唇を引っこめると、そっとかみだした。

「あるかもしれない」と、ぼくはあいづちをうち、台所の窓《まど》から外をながめた。暗くなりかかっていた。窓のところに立っているとき、窓のない廊下《ろうか》にいたほうが安全だなと気がついた。「廊下にいったほうがいいよ」と、ぼくはいった。

おばさんは、すばやくジョルジョをひざから下ろした。ぼくがおとなでもあるかのように、いうとおりにするので、おどろいてしまった。

廊下には、いすが二つとテーブルがおいてあった。ぼくは電気をつけた。電気はまだきていた。

「ろうそくはないの？」と、ぼくはきいた。

おばさんは返事をするかわりに、すぐにろうそくをとりに台所へいった。ジョルジョはすっかりおびえて、そのあとをくっついていった。おばさんがもどってきたとき、ぼくはためらいながらいった。「よろい戸をしめにいってくるよ。ガラスがわれるといけないから。ここにいればだいじょうぶだからね」

「たのむわ」と、おばさんがささやいた。

ぼくはまず台所へいき、内と外のよろい戸をしめた。台所から食堂へ通じているドアがあった。ぼくはそのドアをあけるまえに、ちょっと立ちどまった。おばさんの家は、伯爵《はくしゃく》の家ほど立派《りっぱ》ではなかった。部屋は七つあった。一つはとても小さかったから、女中部屋にちがいない。ぼくが最後に入ったのは、ジョルジョの部屋だった。ベッドは大きなゆりかごみたいで、上に日よけのようなものがかかっていた。それはライトブルーの、ひどくうすい布で、なかがすけて見えた。四本の色ぬりの柱の上にかけられていた。「おまえは乞食《こじき》の子なんだぞ」と、ぼくは声に出していい聞かせ、そういってから、こんどは自分の声にかりたてられるように、もう一度いった。

「グイド、おまえは乞食なんだぞ……乞食なんだ」

その部屋を出ようとしたとき、ぬいぐるみのくまを見つけた。それを男の子にもっていってあげることにした。ベッドの横に小さなテーブルがあって、その上に、絵本がつんであった。そのなかから四冊《さつ》の絵本をとった。ぼくも、小さいとき、ぬいぐるみの動物をもっていた。それはぬいぐるみの犬で、そのころぼくはお母さんとメッシナに住んでいた。しかし、ジョルジョのぬいぐるみのくまは、ぼくのよりずっと大きかった。

廊下にもどると、おばさんはジョルジョをひざの上にのせてすわっていた。男の子は泣《な》きやんでいた。ぼくはぬいぐるみのくまをわたし、絵本をテーブルの上においた。おばさんはぼくを見て満足そうにほほえんだ。

「グイド、ブランデーを飲む?」

ぼくはもう少しで飲むといってしまうところだった。しかし、一度ブランデーを飲んだことがあり、好きになれなかったのを思いだし、ことわった。でも、お礼はいった。たった十二のぼくにブランデーをすすめてくれるのは、一人前あつかいしてくれるということだからだ。

しばらくの間、ぼくたちは飛行機の音が聞こえはしまいかと耳をすませ、だまってすわっていた。ぼくは、老伯爵《ろうはくしゃく》はどこへいくのだろう、と考えていた。召使《めしつか》いのジャコモがまえに、伯爵《はくしゃく》は大きな領地を三つもっていて、そこにはそれぞれ百以上の家族が住んでいるといっていた。でも領地の話は、ジャコモがぼくを感心させるために大げさにいってるのだと思っていた。でも今は、わからなくなった。ぼくは考えた。《伯爵は、くらしていくのに必要もないほどたくさんの土地をもっているのに、ほかの人々は、少しの土地しかなくて、くらしていけないのだ。それでも、伯爵はその土地へ帰っていくのだ……》伯爵のいったことが、頭にうかんできた。「グイド、船長が船と運命をともにするなんてことはな、うそなのだ」伯爵がそういったとき、なんの話かわからなかったが、飛行機が近づいてくるのを待っていると、なんのことだかわかってきた。ぼくは声に出していいそうになった。《あんなことをいったのは、逃《に》げていくのをはずかしがって

いたからだ。自分をなぐさめてたんだ。ぼくの名前をきいたりしたのもそのためなんだ》

ぼくはよく、わからないことがあると、だまって自分に話しかけた。ぼくが質問し、グイドが答える。少なくとも、ぼくはそんなふうに感じていた。もちろん、ぼくという人間は一人しかいないのはわかっていたが。《伯爵には、彼《かれ》が逃げるか逃げないかなど、ぼくたちは気にもしていないのだということがわからない。あの人にはぼくたちがわからない。わかっていると思いこんでいるだけなんだ》

「今朝《けさ》ろうそくをつけたのよ」

おばさんがそういったが、ぼくは自分の考えにふけっていたので、ぽかんとしていた。

「そうすると、いいことがあるというでしょう？　空襲があるなんて考えてもみなかったわ」

ときどき、おだやかな海に波が立つように、なんの前ぶれもなく、怒《いか》りがわきあがってくる。体のなかへ入りこんできて、息ができなくなる。「ぼくのお母さんは日曜日のたんびに、お父さんのためにろうそくをつけてたんだ。それでも、お父さんはアフリカで死んじゃったんだ！」

おばさんは顔をふせると、ごめんなさいとつぶやいた。

「いつろうそくをつけたかなんて、いっちゃいけないんだ」

ぼくがそういうと、おばさんはなげくように、深いため息をついた。

「いつだってろうそくをつけるのはいいことさ」ぼくは矛盾《むじゅん》しているのもかまわず、やさしくいった。もう、ぼくは怒《おこ》っていなかった。おばさんに同情していた。《おばさんは分別がないんだな》と、ぼくは思った。《おばさんは、ピエトロ神父や「だぶだぶ」じいさんとちがって、神様がわかっていないんだ》

「グイド、おたがいに助けあいましょうね」

「うん」と、ぼくはいった。でも、ぼくはどうしても、《おばさんはこわがっている、こわがっているから、そんなことをいっているんだ》と、思ってしまった。

「わたしは、みんなのためにお祈りをするわ」おばさんは頭を下げ、うつらうつらしながらひざの上にすわっている男の子にキスをした。

《どうしてそんなことができるんだ?》と、ぼくは思った。《みんなだなんて、知りもしない人のためなんかに、どうしてお祈りができるんだ。お祈りは愛している人のためにするもんだ――そうでなければ、お祈りなんてしないのと同じだ。そんなことをするのは自分がどんなにいい人間かを、マリア様につげてるだけじゃないか。そんなのはごまかしだ。こわいからごまかしてるんだ》

「わたしたちはみんな神様の子だわ、あなたもジョルジョもよ」ぼくはなにもいわなかった。おばさんがきつくだきしめたので、男の子が泣きだした。「貧しい人々も神様の子よ」

ぼくは心のなかでさけんだ。《どうしておばさんに、貧しい人たちのことがわかるんだ？》あまり腹《はら》が立って、なにもいえなかった。

おばさんとぼくは、同時に爆音《ばくおん》を耳にした。おばさんがさけんだ。「マリア様……」両手をさっと上げたので、男の子はひざの上からころげ落ちそうになった。ぼくはお母さんのことを、そしてお母さんがどんなに勇敢《ゆうかん》に死を見つめていたかを考えた。あのころ、ぼくたちは貧乏《びんぼう》だった。死ととなりあわせに生きていたから、ぼくたちはそれほど死をおそれなかったのかもしれない。

あわれっぽくすすり泣きながら、ジョルジョがさけんだ。「アンナ！　どうしてアンナはいないの？　アンナをつれてきてよ！」

「今日は、アンナを外出させてはいけなかったんだわ。そんなことは、今朝からわかっていたのに」おばさんは泣いているみたいにいった。

ぼくは、ジョルジョの部屋からもってきた絵本を、ちらっと見おろした。いちばん上の絵本をとると、おばさんにわたしていった。「読んでやりなよ」

おばさんが絵本を受けとってひらいたそのとき、最初の爆弾《ばくだん》が炸裂《さくれつ》する音がした。ぼくはじっと耳をすませた。港のほうからだ。おばさんは本を落とすと、泣きだした。涙《なみだ》を流しながら、神様おまもりくださいと、お祈りをつぶやいていた。

ジョルジョは「アンナ！　アンナー！」とさけびながら、部屋をくるったように見まわしていた。ぼくは爆発音《ばくはつおん》に耳をすませ、ナポリのどこが爆撃されているのかと考えながら、《そうだ、アンナがこの子の世話をしているんだな。あのアンナが、ある意味では、お母さん役なんだ》と、わかった。そうわかると、ジョルジョが、ほんとうの弟のようにかわいくなってきた。「こっちへおいで」ぼくはおばさんのひざから男の子をだきあげて自分のひざの上にのせ、鼻にしわをよせて笑いかけた。「こわがるんじゃないよ」

ジョルジョは手の甲《こう》で涙をふこうとしたが、かえって、その小さな顔を涙だらけにしてしまった。おかしな顔になったので、ぼくは笑《わら》ってしまった。ぼくが笑うと安心して、男の子も笑った。

「どの本を読もうか。これでいいかい？」

男の子は元気よく頭を横にふった。ジョルジョはテーブルの上の、ほかの絵本を指さした。

「『むかし、むかし、三羽《ば》のちっちゃなひよこがいました。黒いのと、白いのと、赤いのと……』」ぼくは読むのをやめた。あまり遠くないところで、また爆弾が炸裂した。窓ががたがたと音を立て、家がゆれ動くのを感じた。「下の、ぼくが住んでいるほうだ」ぼくは友だちのアンナとその弟のことを考えた。

「読んでよ」いったのは、ジョルジョではなくて、おばさんのほうだった。

ぼくは三羽のちっちゃなひよこの話を読みつづけた。黒いひよこはいたずらっ子だった。今までこんな絵本を読んだことがなかった。ばかばかしい話だと思った。それでも、読んでいるとぼくも気がまぎれた。

三冊目《さつめ》を読み終わったとき——ほとんど絵ばかりで、話はとても短かった——空襲が終わった。飛行機がとび去るにつれ、爆音が静かになった。高射砲《こうしゃほう》の音もやんだ。

「読むのがじょうずね！」おばさんはもう落ちついた声《こえ》になっていた。ジョルジョはぼくのひざからすべりおりると、母親のひざにすわった。

空襲《くうしゅう》警報解除《けいほうかいじょ》のサイレンが、ドアごしに聞こえてきた。「ぜんぜんちがった音に聞こえるわ」とおばさんがいった。ぼくはうなずいた。警報解除のサイレンの音は、警報のサイレンと同じ音なのだが、ぼくにもぜんぜんちがった音に聞こえた。

おばさんは台所に通じているドアをあけた。「あなたのいったとおりね。ヴォメロは爆撃されなかったわ」

ぼくはおばさんを見あげて、気がついた。《おばさんのようすも、もうちがっている……サイレンと同じだ》

「帰らなきゃ」いったいぼくはなにをさがしているんだと思いながら、廊下《ろうか》をながめ、台所をちらっとのぞきこんだ。

「とまっていかないの？　とまってもいいのよ」おばさんがせきばらいをした。「あなたがそうしたければの話だけど……」

おばさんは、ぼくがどうするかと心配するように、こっちを見ていた。おばさんは、さっきぼくにいてもらいたかったように、今は出ていってもらいたがっている、とぼくにはわかった。

「ぼくの家のほうが爆撃されたらしい」

「でも、家族はいないんでしょう」

「友だちがいるんだ！」ぼくはそうさけぶと、いそいで玄関《げんかん》のほうへ歩きだした。

「帰さないでよ。ぼくはお兄ちゃんが好きなんだよう！」

男の子のことをわすれていた。男の子が母親のスカートをつかんで、その横に立っているのにも、気がつかなかった。

「帰らなければならないんだよ。でもね、またくるよ」ぼくはジョルジョにほほえみかけ、ほっぺたにさわった。うそをついていたから、そんなことをしたのだ。

「またきてよ！　またきてよ！」ジョルジョがさけんだ。

「そうよ。またきっときてよ」おばさんは目の前にキャンディでも出てきたみたいに、子どもの言葉にとびついた。まるでジョルジョと同い年の子どものようだった。「またきてね」

おばさんに呼《よ》びとめられたとき、ぼくはドアに手をかけていた。おばさんがお金をくれるつもりでおり、それをことわれば、おばさんを傷《きず》つけることができるとわかっていた。ほんとうはそうしたかった――おばさんを傷つけたかった――のだが、そうはせずに、ぼくはじっと立って待っていた。

おばさんはさいふをとりに、台所へもどっていった。さいふをあけ、なかをのぞきこんだ。ぼくの見なれた光景だった。ぼくはなん度も、さいふをかきまわしている人が少なくとも一リラくれないかなと思いながら、こんなふうに立って待っていたものだ。しかし今は、おばさんがあんまりお金をくれないようにと祈っていた。

おばさんがぼくの手のなかに、五十チェンテージミを入れてくれたとき、ぼくは笑いだすところだった。「ありがとう、おばさん。どうもありがとう！　ほんとにありがとう！」

おばさんは顔を赤くした。なにかいおうとしたようだが、ぼくはドアから出て、階段《かいだん》をかけおりた。道路へ出てから、あまり大きな声で笑いだしたので、自分でもびっくりした。そのすぐあと、ぼくは泣いていた。

# 8 空襲《くうしゅう》のあと

家の近くまでもどってきたとき最初に気づいたのは、くずれ落ちた壁《かべ》から出るほこりのにおい、それと煙《けむり》のにおいだった。煙のにおいは気持ちのよい、心のなごむにおいだが、ほこりのにおいは鼻につーんとくる。こまかいほこりが空気とともに口に入りこんで歯の間にはさまると、苦い味がする。

家のようにがんじょうなものが、あっけなくこわれてしまい、親子代々住んでいた建物が数分間で廃虚《はいきょ》になってしまうなんて信じられなかった。なんにもなくなり、昔の姿《すがた》は想像するだけになってしまった。死んでしまった……「だぶだぶ」じいさんのように、家も死んだのだ。家は悲しんでくれる家族もいない老人のように、なんの未来もなく死んでいった。

ぼくたちの集まるたまり場の近くでは、数軒《けん》の家が爆撃《ばくげき》されていた。子どもたちは、こわれた家のあとをひっかきまわしていた。おばあさんが、棒《ぼう》きれで子どもたちを追っぱらおうとしていたが、子どもたちはこわがるどころか、おもしろがっていた。ぼくはそのおばあさんを知っていた。おばあさんは今、自分の足もとでがれきの山のようになってしまった、アパートの小さな一室に住んでいたのだ。

おばあさんはなにかをさがしていた。片手《かたて》にこわれた水さしをもち、もう片方《かたほう》の手で、折れた重い柱をわきにどけようとし、その間ずっと、おばあさんはだれかの名前をさけびつづけていた。

一人の少年が――年上の連中の一人で、両親がいて、それほど困《こま》っていない少年だったが――おばあさんに石を投げつけた。その石が背中《せなか》にあたった。大きな石ではなかったし、いきおいもたいしたことはなかった。それでも、おばあさんはがれきのなかにすわりこみ、はげしく泣《な》きだした。水さしが手からすべり落ち、こなごなにくだけてしまった。

ぼくは、アンナをおばあさんの家へさがしにいくところだったが、おばあさんが泣いているのを見すごすことができなかった。

「おばあさん、どうしたんだい？」

おばあさんは顔から手をはなしてぼくを見ると、衝動的《しょうどうてき》に手をまた上げ、腕《うで》のなかへ顔をうずめた。

「だれかをさがしているんだろ。だれをだい？」ぼくはそういって待っていたが、なんの返事もかえってこなかった。水さしの破片《はへん》の一つが、ぼくの足もとにころがっていた。ぼくはかがみこんで、その破片を拾いあげた。その水さしは、こわれるまえは、とても美しいものだったにちがいない。結婚式《けっこんしき》の日に、おばさんとかおじさんからお祝いにおくられるような水さしで、実際に使われることはなく、だから、貧乏人《びんぼうにん》にとってはたいへん貴重《きちょう》なものだった。貧乏人は、実際に使わないものなど、ほとんどなにももっていないからだ。

「だれをさがしているんだい、教えてくれれば、ぼくもさがしてやるよ」

おばあさんはまたぼくのほうを見た。こんどは口をひらき、笑《わら》おうとした。間のぬけた笑いだった。恐怖《きょうふ》の影《かげ》は残っていなかったが、苦悩《くのう》のあとがただよっていた。

「わたしの猫《ねこ》だよ」おばあさんがやっとつぶやいた。涙《なみだ》が目のはしにあふれてきた。二つぶの大きな涙が、目のなかに残っている最後の涙でもあるかのように、目のはしにたまっていた。どこか近くで、いなくなった子どもの名前を、ひっしにさけんでいる声《こえ》がしていた。

「かわいそうに」と、おばあさんがさけんだ。「かわいそうに！」

ぼくは磁器《じき》の水さしの破片をほうりすてた。その破片が石にぶつかり、音を立ててわれた。

おばあさんは手で顔をおおって、泣いていた。「あの猫だけが、わたしのものだったのに！」

ぼくはおばあさんをけいべつしていたが、今ではかわいそうになった。「おばあさん、見つかるよ。きっと見つかるよ。たぶん、逃《に》げただけだよ、爆撃の音におどろいたんだよ」

そういって、ぼくは待っていたが、おばあさんはもう顔を上げなかった。ぼくは、おばあさんが泣きじゃくる声を背中で聞きながらそこを歩き去った。石を投げつけたさっきの少年が、笑い声《ごえ》を立てていた。その少年はカンをさがしだし、二本の棒きれで、カンをたたいていた。


どうしてアンナの家が爆撃されたと思いこんでいたのかわからないが、道沿《みちぞ》いの家のならびにぽっかり穴《あな》があいているのを見るずっとまえから、まちがいなくやられていると思っていた。兵隊たちが、こわれた家のなかで働いており、ぼくがそばへいくと、向こうへいけといった。それで、ぼくは歩道に群がっている人々のなかへまぎれこんだ。

「見つかったぞ！」ぼくの横に立っていた男がさけんだ。ぼくはその男を見あげた。この近くの人ではなかった。着ているものがよすぎた。

「女だ。ほら、見てみろよ！」

ぼくたちが見たのは、破れた黒い服を着てぐにゃっとなった姿だった。

「あのがれきの下には、まだだれかがうまっているにちがいないぞ」ぼくの横の男が熱っぽい声でいった。

「アンナ……」ぼくはささやいた。

「そうだ、あそこには、なん百、なん千という死体がうまっているにちがいないぞ」その男はぼくのほうを見て、直接話しかけてきた。

ぼくはだまったまま、その男をじろりと見あげた。男は顔をそむけると、十字をきった。やっと、そうするのを思いだしたのだ。ぼくは男をじっと見つめていた。男はぼくのそばをはなれると、また別の野次馬《やじうま》の群れのなかへ入っていった。

ぼくは、ただ見物しながら待っていることはできなかった。アンナの体がくずれ落ちた壁の下にうもれているのが目にうかんだ。さっきの女の人のように身動きもせずに死んでいる。ぼくは思わずもう一度十字をきった。すると、ぼくは生きているのだという思いがわきあがった。ふいにそんなことを思った自分がはずかしくなった。

洞窟《どうくつ》にもどると小さなくぐり戸があいており、なかでちかちかとろうそくの火が光っていた。アンナがぼくのマットレスに腰《こし》を下ろし、弟がその横にいた。ぼくは声もかけず、だまって二人を見つめながら立っていた。

ぼくが一人ぼっちだから、アンナがどうなったのかこんなに心配になったんだと、帰ってくる間ずっと自分にいい聞かせようとしていた。泣いている小さな子どもの前を通ったとき、ぼくは立ちどまってなぐさめてやりたいと思った。しかし、思っただけでそうしてやることもできないまま、通りすぎてしまった。たくさんの家が爆撃され、生き残った人々が、がれきのなかをはいまわって、肉親の名前をさけんだり、悲鳴を上げたりしていた。「お母さん……お父さん……おじいさん……おばさん……」と。

《アンナはぼくみたいだった》と、ぼくは思った。それから、ひとりごとをいった。「死んだってことだけじゃないんだ。それだけじゃない……もっと別のことだ。猫とくらしていたあのおばあさんみたいに。あの人にとって猫がすべてだったんだ」ぼくは立ちどまって、自分ではなくほかの人の話に耳をかたむけるみたいに頭を上げていた。《そうじゃないぞ、グイド。そんなんじゃないんだ……。猫をさがしていたあのおばあさんとはちがうんだ》道のわきのふち石に腰をかけている男が、こちらをじっと見つめているのにぼくは気がついた。ぼくはいそいでそこを立ち去った。

アンナはマットレスのそばの地面に、棒きれでなにかを書いていた。いつものように、弟は泣いていた。そんな小さな体から、こんなにたくさんの涙が出るのはふしぎだった。

アンナは、ぼくの影がかかるまで顔を上げなかった。それから顔を上げると、とても低い声でいったので、聞きとれないくらいだった。「おばさんが死んだの」

ぼくは二人の間にすわりこんだ。弟はぼくに体をすりよせてくると、泣くのをやめた。アンナはあいかわらずなにかを書いていた。そうしなければならないかのように、アンナは一本の直線を、まえに書いた直線のとなりに注意ぶかくひいた。ぼくは足をつきだし、その二本の線の上にのせた。アンナは棒きれをすてると、ぼくを見あげた。

《泣いていたんじゃないんだ》と思ったとたん、アンナの目がうるんできた。アンナは、ぼくがよくやるように手で涙をふこうともしないで、涙がこぼれるままにしていた。《涙って真珠《しんじゅ》みたいだな》と、ぼくは思った――そんなふうに書いてあったのを、どこかで読んだことがあるが、信じてはいなかったのだ。涙が真珠のようだなんて。でも、ろうそくのあかりで見ていると、アンナの涙はきらきらと美しくかがやき、真珠のようだった。

アンナが泣きだすと、弟もわっと泣きだした。「泣くなよ」と、ぼくはいった。そういうと、弟はかえってはげしく泣きだした。ぼくは、なぐって泣かしたようなうしろめたさをおぼえた。

「泣くのをやめたら、パンを買ってやるぞ」

弟は、ぼくを見あげて、本気でそういっているのかどうかたしかめた。それからきたない手で目や鼻をこすった。アンナにはなにもいわなかった。しゃべるだけしゃべってしまわなければ気がすまないように、涙を流すだけ流してしまわなければ気がすまないのだろう、と思ったからだ。

アンナは泣きだしたときと同じように、とつぜん泣きやんだ。ため息をつくと、また棒きれを拾いあげた。そして、そんなものをつかんでいる自分におどろいたように、棒きれをじっと見つめていたが、ほうり投げてしまった。

「あなたが死んじゃったのかと思ったのよ」と、アンナがいった。

「おまえの家へいってたんだ。おまえのほうこそ死んだと思っていたんだ」

「わたしたちは家にいなかったのよ。おばさん一人だった。病気だったの。部屋のなかでねていたの、それで――」

「泣きながら猫をさがしていたおばあさんがいたよ」と、ぼくはアンナの言葉をさえぎった。ぼくは、だまっていることができなかったから、そういっただけだった。

「わたしたちの家で?」アンナがめんくらっていった。それから、そのおばあさんがだれなのかと考えこむように、額にしわをよせた。

「ほかの家でだよ。広場の近くでだよ」ぼくはアンナに、どんなことがあったか、おばあさんが泣いてさがしているのが猫だと知って、腹が立ったことを話した。

「でも、どうして、その子はおばあさんに石を投げたの?」

アンナにきかれるまで、そんなことを考えてもみなかった。でも、そういわれてみると、ぼくもアンナのように、どうしてそんなことをしたのかなと考えこんだ。ぼくたち子どもはたいてい盗《ぬす》みをはたらく。もしほんとうに腹《はら》を立てれば、ほかの子どもに石を投げる。でも、だれかがおばあさんに石を投げるのを見たおぼえはなかった。「たぶん、あいつはおびえていたんだ」ぼくはあやふやにいった。「あんな空襲《くうしゅう》のあとだから、びくびくしていたんだ。だから、石を投げたりしたんだと思うよ」

「わたしにはわからないわ」と、アンナがいった。「でもね、そうかもしれない……」アンナは弟のほうを見てうなずいた。「マリオはいつも泣いてばかりいるわ。でも、空襲の間は、涙を一てきもこぼさなかったわ。こわくて泣くこともできなかったのね」

マリオは笑ってみせようとした。そして頭をふり、姉のいっていることがわかる、そのとおりだとあいづちをうっていた。アンナはそれを見て、思わずほほえんだ。マリオは、姉がほほえむのを見ると声を立てて笑い、ぼくを指さして大声《おおごえ》でいった。「このお兄ちゃんが、パンを買ってくれるって！」

「ここにいてもいいよ」と、ぼくはいった。

「ありがとう」と、アンナはおばの死をつげたときより、もっと小さな声でささやいた。

# 9 放《ほう》浪《ろう》

「グイド、悪いな」洞窟《どうくつ》の家主である大工が、仕事台からななめにぼくを見おろしながらいった。口をすぼめ、自分のせいではない、自分は同情しているのだと、だまってぼくにわからせようとしていた。

ぼくは肩《かた》をすくめた。「わかってるよ」と、ぼくはいった。

大工は年よりで、もう材木を手に入れることができなくなっていた。家賃《やちん》をはらってこの洞窟をかりておく必要もなくなっていた。新しい家主は、年とった大工の道具まで買いとってしまい、洞窟に他人が住むのをきらっていた。自分たちの家族だけで住むつもりでいたからだ。彼《かれ》らの家は、三日前の爆撃《ばくげき》でやられてしまっていた。

「悪いな」大工がくりかえしいった。それから頭をふった。「グイド、悪いご時勢なんだ」

ぼくはほほえみをうかべていた。こんなふうに、最悪の不幸はふいにふりかかってくるものなのだ、とぼくはまえから思っていたからだ。

「おまえたち子どもはみんな、おとなの目と子どもの心をもっている。お母さんの腕《うで》にだかれた坊《ぼう》やでさえ、老人の目をしている」

「みんな疲《つか》れてるからだよ。子どもだったら疲れててあたりまえさ」と、ぼくはいったが、心のなかでは、別のことをいっていた。《おじいさん、そうじゃないよ。おじいさんだけが疲れているんだよ。静かに年をとっていきたいと思っていたのに、戦争でそうできないから、疲れてるんだよ》

「わしは、あの子たちがここに住むことに、なんの文句もいわなかった」大工は入り口のほうを身ぶりでしめした。そのすぐ外に、アンナと弟が地面にしゃがみこんでいた。

ぼくはずっとまえ、大工に、アンナとマリオが兄弟で、二人と住んでいたおばさんが、空襲《くうしゅう》で死んでしまったのだ、と説明しておいた。

「わしは、おまえが二人の面倒《めんどう》をみなければならないといったとき、おまえの言葉を信じなかったかな?」老人は笑《わら》ったが、口もとは笑っていなかった。

大工はぼくをからかっているのだ。ぼくは顔をそむけ、ずっと自分の家だと思いこんでいた、洞窟の片《かた》すみをながめた。ずっとまえからナポリを出ていくことを考えていたが、この洞窟のことを思うとふみきれなかった。ぼくの家を失うのがこわかったからだ。ふいに、ヴォメロにあるジョルジョの部屋を思いだした。目をつぶって、ブルーの布がかけられている奇妙《きみょう》なベッドを思いうかべた。《家か》と、ぼくはにがにがしく考えた。《こんなところを、どうして家だなんていえるんだ?》

「どっちにしても、出ていくつもりでいたんだ」と、ぼくはいった。

「どこへいくつもりだ?」

ぼくはきかれるまえから、わかっていたようなふりをしながらいった。「ローマだよ」そういってから、おどろいてしまった。どうしてローマだなんていったんだ? ナポリを出ようと考えたとき、いくあてがはっきりあるわけではなかった。でも、いつも草におおわれた田舎《いなか》のことは考えていた。ローマはナポリのような都会だ。どうして、そんなところへいきたいなんて思うだろう？

「ローマに知り合いがいるのか？」老人は額にしわをよせた。

「おじさんがいるんだ」ぼくは、まじめな顔だけはしていたが、内心では笑っていた。大工が信じたのがわかったからだ。「鉄道で働いてるんだ」と、ぼくはいいたした。

老人は、《そいつはまともで堅実《けんじつ》な仕事だ》とでもいうようにうなずいた。

ぼくは、いそいでおばさんやいとこたちをでっちあげた。それから、ヴォメロのジョルジョの母親の家を、ローマのおばさんやおじさんの家のように説明した。ぼくは自信ありげにしゃべっていたが、その間ずっと、どうしてぼくはこんなふうにあとからあとからうそをつくんだ、と自分にといかけていた。

「グイド、おまえはそこへいくといい」

そうする、と答えながら、ほんの一瞬《しゅん》、まばたきをするほどの間、ぼくもローマにおじさんやおばさんがいるのだと思いこんだ。

「グイド、一人でいくんだぞ。だれもつれていくんじゃないぞ。おまえのおじさんやおばさんは、他人がくるのをいやがるからな。一人でいったほうが早く着くしな」

老人がそういい終わらないうちに、マリオは泣《な》くのをやめた。マリオがどうしてそんなにひどく泣くのかはわかっていた。おなかがいたいのだ。きっとろくに食べていないからだと思う。アンナとぼくも、マリオほど苦しくはなかったが、やはりおなかがいたかった。

「ああ、一人でいくよ」ぼくは老大工を安心させてやった。

「そうだ、そうするんだ、グイド」老人は、ぼくがアンナとその弟をおきざりにしていくことに大きな意味があるとでもいうように、熱心にいった。ぼくは、どうしてそんなことをいうのか、ことさらにたずねなかった。

「おまえのおじさんは貨物運送場《かもつうんそうじょう》で働いているのか?」

「そうだよ」

「わしはそういうところを知っているんだが、そこは、給料はいいし、退職すると恩給がつくんだ。おまえは親類だから、面倒をみてもらえる。でも、他人の面倒まではみてもらえないぞ」

ちょっとの間、ぼくはそんなことはないといいたかった。うその話をはじめたときに考えていたのは、そういう「おじさん」ではなかった。

「さあ」と、老人はしわくちゃの一リラ札《さつ》を、ズボンのポケットからとりだした。「さあ、とっておきな。役に立つぞ」

「ありがとう」と、ぼくはいったが、そのあとで、「だぶだぶ」じいさんが家賃《やちん》をはらえなかったとき、大工がじいさんと馬をほうりだしてやる、とおどかしたのを思いだした。

「新しい家主はいつくるの？」

「明日だ。おまえは、朝のうちに出てゆかなければならないぞ」

「出ていくよ」と、ぼくはいって、一リラ札をポケットにつっこんだ。

「なにも盗《ぬす》むなよ」と、大工が息を殺していった。

ショックだった。洞窟のなかのものを盗むなんて考えたこともなかった。

「グイド、悪いことをいってしまったな」

ぼくはゆっくり視線《しせん》を上げた。大工の顔に後悔《こうかい》の色がうかんでいた。でも、大工が後悔しているのは、ぼくによけいな知恵《ちえ》をつけてしまったのではないかと思ったからだ。いわれるまではぼくがそんなこと考えてもいなかったことに、気がついたのだ。

「ぼくのマットレスをあげようか？」と、ぼくはいった。

老人が、顔にずるがしこい笑いをうかべたので、にくらしくなった。「グイド、明日の朝やってきて、おまえから買うとしよう。三リラ出そう」

《大工のじいさんは、ぼくが洞窟のなかのものをみんな盗むと思っているんだな。それで、三リラでぼくを買収《ばいしゅう》しようとしているんだ》と、思った。ぼくはたずねた。「朝なん時にくるの？

ぼく、早く出発したいんだよ」

「ミサが終わったらくるよ」と、老人はいい、仕事台からおりると、ぼくの頭をかるくたたいた。

「三リラだすからな」

ぼくは大工を、洞窟の入り口までおくっていった。アンナの前を通って道に出ようとすると、アンナがぼくたちを見あげた。大工がぼくのわき腹《ばら》をつっついてささやいた。「一人でいくんだぞ。だれもつれていくんじゃないぞ」

ぼくは、なにかやりこめてやれそうなことがいえないかと考えてみた。老人の疑惑《ぎわく》をかりたて、ぼくが洞窟のなかのものを盗みそうだと思わせるような言葉を。しかし、大工もみじめそうにみえた。大工は、同じ歩調で歩くには地面を見なければならないというように、体を前かがみにしていた。

「明日の朝、待ってるよ。心配なんかしないでいいよ。なんにもとりはしないから」

「グイド、おまえはそんなことをする子じゃないさ」老大工はそういうと、ぼくの肩《かた》をだきかかえた。「おまえがしないのはわかっている、でもな、悪いご時勢だし、わしは年よりだ。わしは自分のものを売らなければ生きていけないんだ。ここにあるものなんてなんの値打《ねう》ちもないんだ。売れるのはこの場所なんだ。この場所のわしの権利《けんり》だ。でも、道具がなくなっていると、新しい家主はわしを警察《けいさつ》にうったえ、わしに一銭もはらってくれなくなるのでな」老人は早口でいった。ゆっくりしゃべっていたら、そんなことがいえなくなるとおそれてでもいるようにだ。

「どれにも手はふれないよ。マットレスだって買ってくれなくてもいいんだ」

老人はわきへどいて、ぼくの顔をのぞきこんだ。それからにやにや笑いながらいった。「いい子だな、グイド。元気でな」

ぼくたちは別れた。大工は道を遠ざかっていった。しかし、なん歩《ぽ》も歩かないうちに、ふりかえった。「グイド、おじさんやおばさんのいいつけをまもるんだぞ。そうすれば、うまくやっていけるんだ。ただいわれたとおりにするんだぞ」

ぼくはうなずいて手をふった。《どうして洞窟にとまらないのかな?》と、ぼくは考え、どうしてかということがはっきりわかった。《こわいからだ。死ぬまでびくびくしている人間なんだ》ぼくは大工がかわいそうになった。老人のくせに、アンナの弟そっくりだったからだ。

「おじさんてだれのことなの?」ぼくが洞窟にもどってくると、アンナがきいた。

笑いながら、ぼくはいった。「ローマの貨物運送場で働いている人だよ」ぼくはなにもなければそのまま、でたらめのおじさんのことをもっと話しつづけたろうが、すぐに、アンナの表情に気がついた。「おじさんなんていやしないよ」と、ぼくはいった。「みんなでたらめだよ」

アンナは顔をしかめると、横を向いた。

「うそなんだよ」ぼくはくりかえしいった。

「それなら、どうしてそんなこといったの?」

ぼくは自分でも、どうしてそんなでたらめの話をしたのかわからなかった。だから、もう一つうそをついた。アンナにほんとうのことをいっているのだと、納得《なっとく》させるためのうそを。

「大工には、おじさんの話をしなければならなかったんだ。でないと、あいつが、ぼくたちはいく場

所のない子どもだと警察にいいつけるかもしれないだろ」

　アンナはほっとため息をつき、感心したようにぼくを見あげた。ぼくの説明に満足していた。ナポリの親のない子どもたち、つまり小さな魚たちはだれでも、警察をこの上もなくおそれていた。警察は孤児《こじ》をつかまえては、孤児院《こじいん》につれていくのだ。年かさの子どものなかには、乞食《じき》をし苦労してかせいだ金をおとなにはらって、自分たちの両親のかわりをしてもらい、孤児院にいくのを逃《のが》れている者もいる。親のない子どもがいく家がどんなところなのか、ほんとうのところは、ぼくにはわからない。地獄がどんなところなのか、だれにもわからないのと同じようなものだ。でも、ぼくは一度、そんな家から逃《に》げだしてきた少年と話をしたことがある。その少年の背中《せなか》は、なぐられてあざだらけだった。

「バーリにおじさんが一人いるんだ」と、ぼくはいった。「でも、住所は知らないんだ。おまえは親類があるのか？」

　アンナがささやいた。「ねえ、そのおじさんのとこへはいかないでよ」

　そういわれて、ぼくはうれしかった。「おまえをおきざりになんてしないよ」と、ぼくは約束し、大工の忠告《ちゅうこく》を思いだした。《あいつならアンナをおきざりにして、一人でいってしまうだろうな》と、ぼくは思った。《だからぼくにもそうさせたがっていたんだ。みんなが自分と同じだ

ったらいいと思ってるんだ》

「ぼくたちはいつもいっしょにいるんだ！」ぼくは大声《おおごえ》でいった。

# 10 ナポリを去る

人間はひどいけがをすると、すぐに死んでしまう。まだ息のあるうちに、もう死に神がやってきて、「わしのものだ」という。

町というものは死ぬことがない。廃虚《はいきょ》のなかでさえ、生命力が死をはねかえしつづける。子どもたちは、両親が死んで一週間にもならないのに、もう遊んでいる。おとなは爆破《ばくは》された建物の地下室に、新しい家をつくる。かたい小さな目をしたねずみでさえ、がれきのなかに赤はだかの小さな赤んぼうをかくしておき、そこへ帰っていく。

それでも、死のにおいがただよっている。しかし、そこに住んでいる人間は気づいていない。お百姓《ひゃくしょう》がみかんの花のあまいにおいになれてしまうように、死のにおいにも鼻がばかになってしまうのだ。外からこの町にやってくる人は、住んでいる人が気づきもしないさまざまなものを感じとり、恐怖《きょうふ》におののく。「この町は死にかけている」といって、おびえて逃《に》げだすかもしれない。しかし、その恐怖は廃虚からわきおこってくるのでも、廃虚にうもれた死体のにおいから立ちのぼってくるのでもない。平和な別世界の、朝露《あさつゆ》のしたたる生活の記憶《きおく》から、恐怖がおこってくるのだ。人間は、水を飲みに泥《どろ》の水たまりにつれていかれた馬のようなものだ。しかも、その馬は、同じ日の朝にはきれいな泉《いずみ》から水を飲んでいたのだ。馬は顔をそむけるだろう。でも、ぼくは、暑い八月にカラブリアで、数週間前に水のなくなった水場のしめった泥を、馬がのみこんでいるのを見たことがある。一九四三年の夏の初め、ナポリの市民は、そんな馬と同じだった。

「おまえと弟の体を洗《あら》わなきゃだめだよ。二人ともきたないからな」

アンナはうったえるようにぼくを見あげ、マリオの手をとると、洞窟《どうくつ》のまんなかへつれていった。ぼくはそこに水を入れたバケツをおいていた。そのバケツは「だぶだぶ」のものだった。

「だぶだぶ」は、それを馬に水を飲ませるのに使っていた。水は、ぼくが広場の共同水道からくんできておいたものだ。このへんではそこしか、水をくむ場所がなかった。日中は、女や子どもたちがバケツや水さしをもち、順番を待って長い行列をつくっていた。ぼくはその朝、太陽ののぼるまえにそこへいってきた。待つことはなかったが、そんなに早くから、もうなん人かがやってきていた。

「服をぬがせるんだよ」と、ぼくはいった。「そんなことじゃ洗えないじゃないか」アンナはバケツの水に手をひたし、マリオの顔や腕《うで》を、ただしめらすようにそっとこすっていたが、ぼくがそういうと両わきに手をだらりと下げた。

「ごめんよ」アンナが洞窟のずっと奥《おく》にかけこんでいったので、ぼくはいった。「ごめんよ」ぼくがくりかえすと、アンナはふりかえって、耳をすませた。「ぼくはね、人目に立ちたくないだけなんだ。ぼくたちは親のいいつけでお使いにいくところだ、とみんなに思わせたいんだ」

ぼくが服をぬがせている間、マリオはじっとつっ立っていた。ぼくは、おがくずがおきっぱなしになっているのを知っていた。大工が、おくさんの料理用の燃料として家にもちかえらなかった分だ。ぼくは、おがくずを一つかみつかんで、マリオの体をこすりだした。マリオは目に涙《なみだ》をいっぱいにため、鼻をすすりあげていた。

「歩いているとき、泣《な》いたりしちゃいけないぞ。泣いたりすると、おとなにあやしまれちゃうからな。お姉《ねえ》ちゃんとぼくのあとにくっついてくるんだ。泣かないようにしろよ」

マリオはうなずいて、ぼくの目をちらっと見た。目はまだうるんでいたが、顔はひどくしんけんだった。ぼくが笑《わら》うと、マリオも笑いかえした。

マリオは、体をかわかそうと、洞窟のすぐ外がわの岩の上に腰《こし》を下ろした。その岩は、このまえの空襲《くうしゅう》のとき、がけの上から落ちてきたものだった。マリオは体の前でくみあわせた腕を、手のひらを上にしてももにのせていた。

《マリオはほんとにやせっぽちでよわそうだな》と、ぼくは思った。《だから、なんにでもただ涙をこぼすんだ》

アンナは洞窟のすみに、バケツをはこんでいった。「耳と首を洗えよ」と、ぼくは後ろからどなった。

「きたない水ではきれいに洗えないわ」と、アンナがいった。

「バケツをよこせよ」と、ぼくはいった。「でも、そのまえに足は洗っておけよ」

海から吹《ふ》いてくる風が、いその新鮮《しんせん》なにおいをはこんできた。ぼくが広場に着くと——太陽がのぼって一時間しかたっていなかったが――もう女たちの長い行列ができていた。ぼくは順番を待ちながら、広場を見まわした。ぼくはここで仲間《なかま》たちと遊んだり、おしゃべりをしたりしたのだ。ふいに、ナポリを出ていくのがこわくなった。どんなふうに洞窟から追いだされたのかを思いだし、腹《はら》が立ってきた。自分でナポリを出るべきだときめて、洞窟を出ていく計画を立てていたのはまちがいないが、追いだされるなんて考えてもみなかった。ぼくは、洞窟を自分の家だと信じていて、その家を出ようと考えていたのだ。しかし、一日二日のうちに出ていけといわれるのなら、それはぼくの家ではなかったのだ。

洞窟にもどると、マリオが入り口のそばにまだすわっていた。さっきと同じように、まじめくさった顔をしている。アンナはよごれた木綿《もめん》の下着のまま、洞窟のなかに立っていた。服は大工の仕事台の上においてあった。どんな生地でできているのかはわからなかったが、茶色い服で、やぶけていた。ほかの服を着ているのは見たことがない。

「家に――おばさんの家に、ほかの服はなかったのか?」

アンナは首をふると、バケツをもちあげた。

「体を洗ったら、マリオに服を着せてやれよ」と、ぼくはいってから、マットレスのところへいき、腰を下ろした。ぼくはすっかり頭にきていたので、大工のいうとおりだと心のなかでいった。

一人でいくべきだったのだ。

マットレスのそばに、ぼくのくつや着がえのシャツや古いズボンがおいてあった。マットレスのなかには、小さなタバコのカンがかくしてある。そのなかには、伯爵《はくしゃく》にもらった十リラが入っている。ナポリを出ていく用意にとっておいたのだ。ぼくはマットレスのなかに手をすべりこませて、カンをひっぱりだした。そのカンを、穴《あな》のあいていないほうのポケットに押《お》しこんだ。着がえのシャツをたたんで、この間爆撃《ばくげき》された家で見つけたスカーフにくるんだ。古ズボンはもっていかないことにした。もっていく値打《ねう》ちもなかった。ぼくは歯がなん本もかけているくしや、先のとがったナイフももっていた。

アンナとマリオの二人はふたたび服を着た。マリオはすりきれたくつをはいていたが、アンナははだしだった。ぼくは髪《かみ》をぬらして、くしでといた。マリオの髪は洗ったあとだから、まだぬれていた。ぼくはその髪をとかしてやろうとしたが、すっかりもつれていた。長い間、くしでとかしたことなどなかったのだ。マリオはしかめっつらをし、涙をうかべたが、泣かなかった。ぼくはアンナにくしをわたした。アンナは自分の髪をすき終わると、「ごめんね」といった。歯がまた二本かけてしまっていた。もう一度、ぼくはマリオの髪をとかそうとした。こんどはうまくとかすことができた。

10　ナポリを去る

「さあ、いこう」と、ぼくは声《こえ》をかけた。

ぼくはアンナとマリオを先に洞窟から出した。ぼくは一人で出かけないのを後悔《こうかい》したことを思いだし、自分がすっかりいやになった。

朝の八時だった。広場では、水をくもうとして、女や子どもがなん十人もならんでいた。そのなかに、アンナと同い年ぐらいの女の子がいた。ぼくはその子を知っていた。マリアという名前だった。しかし、ぼくが注意をひかれたのは、その女の子ではなく、着ている服だった。新しくはなかった。マリアには両親がいたが、貧乏《びんぼう》だったからだ。でも、アンナの服とくらべると、新品同様だった。

ぼくは思いきってマリアに近づいた。「その服、売ってくれよ」

マリアはおどろいた。ぼくたちはよく拾ったものを売ったし、ある少年はパンを買おうとして自分のシャツを売ったこともあったが、今着ている服を売ったり買ったりすることはめったになかった——たぶん、だれも着がえなんてもっていなかったからだ。

「二リラ出すよ」と、ぼくはいった。

「水をくむのを待っている間に、よく考えてみるわ」と、マリアが答えた。

マリアは行列の最後のほうにならんでいた。ぼくはその日のうちに、ナポリからできるだけはなれたいと思っていた。「そんなに待っていられないんだよ」と、ぼくはいった。「さあ、すぐにきめよう」

「どういわれても売れないわね。お母さんがだめだというわ。でも、どうしてこれが買いたいの?」

「あの子のためだよ」ぼくは腕《うで》をふってアンナのほうをさした。アンナは道路のふち石のところに立っていた。「あの子は今着ている服しかもってないんだ」アンナはぼくがなにをいっているのか、わかったにちがいない。困《こま》ったような顔をしていた。「ぼくたちはナポリから出ていくんだ。あの子のおばさんは死んじまったんだ。警察《けいさつ》につかまるといけないからな」

マリアはアンナに同情するように笑顔《えがお》を向けた。ぼくはすかさずいった。「三リラにあの子の服をそえてどうだい!」

「あんな服ほしくないわよ。やぶけているし、きたないわ」

ぼくはマリアをながめた。清潔で、髪はくしでとかしてあった。

「家に別の服があるの」しばらくして、いった。「それなら売ってあげてもいいわ。でも、そのまえに水をくまなけりゃならないわ」

「今着てるのと同じぐらいいい服なのか?」と、ぼくはききかえした。ぼくはアンナに、今マリアが着ている服を着せてやりたかった。ほかのではいやだった。

「あの子が着ているのよりはいいし、きれいだわ」

ぼくはマリアの言葉のなかに、けいべつのひびきがふくまれているのに気がついた。それで、ぼくはいった。「おまえが服を洗ってるんじゃないだろ。お母さんに洗ってもらって……。今着てるその服なら、五リラ出すよ」

マリアは首を横にふると、水さしをとりあげた。前にはまだ数人の女がいた。

ぼくは、どんな服を着ていようと、そんなことどうだっていいんだ、と思いこもうとした。でも、アンナに目をやるたびに、そんなことといってはいられない気持ちになった。アンナに、やぶけていないきれいな服を着せてやりたかったのだ。

「わかったよ」と、ぼくはいった。「でも、早くしてくれよ」とばかみたいなことをいいたした。

時間のたつのがおそかった。女たちはバケツや水さしに水をいっぱいくむと、頭にのせてはこんでいった。戦争のまえには、女は頭にものをのせてはこぶときも、髪の毛《け》をいためないように、頭にハンカチやきれいな布ぎれを当てていたものだ。今では、布を当てている人はほとんど見かけなくなった。小さな布ぎれさえ貴重品《きちょうひん》で手に入らなくなっていたばかりでない、女たちはもう髪のことなどかまわなくなってしまっているようだった。やっと、マリアの番がまわってきた。

マリアは水さしに水をみたすと、ついてくるようにと、ぼくたちに手まねきをした。

マリアのアパートは、爆撃の被害《ひがい》を受けていなかった。ほかのアパートよりも立派《りっぱ》だった。ドアは新しくつくられたみたいだった。

「ここで待っていてね」と、マリアがいった。「すぐもどってくるわ。お母さんには知られたくないのよ」

「なん階に住んでいるんだ？」と、ぼくはきいた。

「四階よ」と、マリアはいい、アパートのなかへ姿《すがた》を消した。

ぼくたちは、あまり長いことアパートを見つめながらすわっていたので、アンナが、「マリアにからかわれたんだわ」といいだした。ぼくがあきらめてひきあげようとしたとき、マリアが戸口から出てきた。マリアがドアをしめると、女がマリアを呼《よ》ぶ声《こえ》が聞こえてきた。

「さあ、これよ」マリアは、わきの下にくしゃくしゃにまるめてかかえていた服をさしだした。それは、アンナの着ている服よりずっとよかったが、着古しで、マリアが着ているのほどきれいではなかった。とても地味で、ベルトがなくなっていた。「二リラだ」と、ぼくはいった。

「三リラよ」と、マリアがいいはり、服をしまいこんでしまうようなふりをした。

ぼくは、そんなものに、高いお金をはらう気なんてないんだというように、肩《かた》をすくめてみせた。「その服が体に合うかどうかだってわからないもんな」ぼくは無関心をよそおっていった。しかし、そのとき、アンナの顔が目に入った。アンナの顔には、いらないとか、はずかしいとか、ほしいとかいう感情が奇妙《きみょう》に入りまじった、かなしげな表情がうかんでいた。《この服がほしいんだな》と、ぼくは思った。「アンナがその服を着てみられる場所をさがしてくれ」と、ぼくはマリアにいった。

「こっちへきて」と、マリアはいい、アンナをアパートのなかへつれていった。あとでアンナにきいたら、アンナがマリアの家に上がっていくと、そこには母親もいたということだった。お母さんがだめだというの、とマリアがいっていたのは、うそだったにちがいない。

　二人が通りへ出てきたとき、アンナはうれしそうに

ほほえんでいた。どちらかといえば、その服は少しばかり大きすぎた。アンナは服を体に合わせようと、腰のまわりを気にして手でさわっていた。

「よし、買ったよ」ぼくは承諾《しょうだく》し、マリアに三リラはらった。マリアは、そのお金を左のくつのなかへすべりこませた。

「どこへいくつもりなの？」

マリアにそうきかれ、ぼくはあわてて、「北だよ」と答えた。南といったってよかったのだ。いや、そうじゃないかもしれない。ナポリは南からきた人であふれていた。そして、南のほうがずっとひどいという話だったからだ。それに、南にはぼくのおじさんやおばさんが住んでいるし、そこの教会の墓地にはお母さんがうめられている。

「カッシノへいくんだ！」ぼくはだしぬけにいった。

ぼくは、そういう名前の町がナポリの北のほうにあり、そこに修道院があるのを知っていた。

# 11 野の宿《じゅく》

「どんなとこなの？」

ぼくはなんのことかと、アンナをちらっと見た。ぼくたちはまだナポリの郊外《こうがい》にいた。太陽はもうしずんでいた。

「わたしたちのいく場所よ、カッシノのことよ」

道沿《みちぞ》いに建っている家は屋根が低かった。どの家も高い塀《へい》で囲《かこ》まれ、塀のなかは庭になっていた。家は一軒《けん》一軒はなれていた。

「カッシノは都会だ」ぼくはアンナのほうを見ずにいった。カッシノが大きいのか小さいのかさえ知らないということを、アンナに気づかれたくなかった。

「くたびれちゃったよ」マリオは後ろからついてきていた。疲《つか》れきった顔をしていた。マリオのはだしの足は泥《どろ》だらけだった。ぼくはマリオのくつをぬがせてしまっていた。こんなに暑いときにくつなんかはいてると、かえって疲れると思ったからだ。

「すぐに、ねる場所をさがしてやるよ」ぼくはにこにこしながらいった。今までのことから、マリオは、ぼくが顔をしかめると、なぐるぞといわれたみたいにおびえてしまうが、笑《わら》ってやると、ときどき笑いかえすのがわかっていたからだ。みんなの面倒《めんどう》をみていくというたいへんな立場にあることに、ぼくはすでに気がつきかけていた。どうしたらいいのか自分でもわからなかったが、そんなことを顔にも声《こえ》にも出すわけにいかなかった。前方《ぜんぽう》で道が二つにわかれ、道しるべが立っていた。そこにカッシノと書かれており、そこまでの道のりがしるされていることを、ぼくは願った。

道しるべの片方《かたほう》はアヴェルサ、もう片方はカゼルタだった。どちらがカッシノへの道なのか？カゼルタへの道は、すぐ田舎《いなか》に入るのか、あまり人の通ったあとがなかった。この名前は、聞いたことがあるような気がした。たぶん、ぼくたちの知っている子どもの一人が、そこの出身だったのだ。「カゼルタを通っていこう」と、アンナにいった。ぼくはそういって、笑いだしそうに

NAPLES
SICILY

なった。ぼくがそちらの道をえらんだのは、カッシノとカゼルタの名前がにているためだと気づいたからだ。

すぐに、ぼくたちは田舎の景色のなかにいた。牧草地があった。暗くなりかけてきたので、ぼくはねる場所をひっしにさがしていた。あたたかいから、畑のどこかでねてもいいのだが、マリオが暗闇《くらやみ》のなかで、なんの囲みもない野外にねるのをこわがるだろうと思ったのだ。やっと、畑のなかに、小さな石の小屋を見つけた。小屋にいくには、低い塀をよじのぼってこえさえすればよかった。畑にはぶどうのつるがはびこっているから、家畜《かちく》はいないだろう。

小屋に近づくと犬がほえるかもしれないと思いながら、ぼくは耳をすませた。町では犬のほうが人間をこわがる。相手が子どもでもこわがる。町ではよくけとばされたり、石を投げつけられたりするからだ。田舎の犬はちがう。田舎の犬は土地のものであり、農場のものである。そこでは、よその人間が入りこんでこないようにまもっているのだ。

犬はぜんぜんほえなかった。ぼくたちは小屋に入りこんだ。もう長いこと使われた様子はなかった。ドアもなかったし、屋根の一部がくずれ落ちていた。このまえの剪定《せんてい》で切りはらわれたぶどうのつるが、壁《かべ》にもたせるようにつみあげられていた。アンナにはつるの細いのを集めるようたのみ、ぼくはねる場所をつくるため、小屋のすみを片《かた》づけた。

ぶどうの細目のつるでさえ、かたすぎてその上ではねられなかった。そこで、アンナとぼくは、その上にしくために、小屋のまわりにはえている長い草をひきぬいてきた。マリオがねられるように、アンナの古い服とぼくのシャツをその草の上に広げた。

「おなかがへったよ」と、マリオがいった。ぼくはナポリを出るまえに、大きなパンを買っておいた。そのパンから三きれを厚く切りとり、マリオにははしのいちばん小さい一きれをやった。マリオがいちばん小さかったからだ。

飲み物はなかったし、このぶどう畑の近くで、井戸《いど》の前を通ったという記憶《きおく》もなかった。でも、小屋からあまり遠くないところに、別の畑があり、そのさかいに木がならんでうえられていた。暗すぎてよく見えなかったが、お百姓《ひゃくしょう》はよく自分の土地のはしに、果物の木をうえておくというのを、ぼくは知っていた。パンを食べながら、その木立のところへ歩いていった。木はほとんどがいちじくだった——いちじくは八月まで熟《じゅく》さない。運よく、そのなかに、一本のプラムの木があった。プラムの実は小さくてかたかった。ぼくはほんの数こだけもぎとった。熟していないプラムを食べると、おなかがいたくなって、歩けなくなるからだ。

「さあ」ぼくはマリオとアンナにプラムを四こずつあげた。プラムは思ったよりあまかった。田舎の人ってなんてしあわせなんだ、とぼくは思った。いつも果物がある。冬でもみかんの季節なのだ。とつぜん、ぼくはじまんしたくなった。《グイド、おまえはナポリから二人の子どもをつれだしたんだ。二人に食べるものをあたえ、ねる場所を見つけた。これならだいじょうぶだぞ、グイド》

ぼくはマリオとアンナの寝息《ねいき》を聞いていたが、自分はねむれなかった。疲れていたが、体をらくにすることができなかった。脚《あし》のなかを血がどくどく流れているような感じだった。ぼくはそっと立ちあがると、外へ出た。月は満月に近かった。星が空に青白くかがやいていた。遠くで犬がほえていた。その鳴き声《ごえ》を聞いていると、よけいさびしくなる。

「お月さま」ぼくは声に出したが、小声《こごえ》だった。それは、お祈《いの》りをするときの言葉と同じで、魔《ま》法《ほう》の言葉だからだ。お祈りのときの「マリア様」というのも神聖《しんせい》な言葉だが、魔法の言葉でもある。だから、ゆっくり、そっととなえるのだ。「パン」という言葉も、飢《う》えているときは、魔法の言葉になる。どうして魔法の言葉は、ささやくようにしかいわないのだろう。どうして怒《おこ》ってどなる言葉とちがうのだろう。一匹《ぴき》のこうもりが、ぼくの頭の上をとんでいた。ぼくはおじさんの農場に、たくさんのこうもりがいたのを思いだしたが、夜、頭上を影《かげ》のようにとんでいるところしか見たことがなかった。「こうもり」――いやな言葉だ。こうもりが好きな人なんてほとんどいない。「ぼくの家」――こっちはなごやかでたのしい言葉だ。ぼくは夜の闇《やみ》に向かってほほえんだ。へんてこな考えがいろいろうかんできたからだ。だれでもこんなことを考えるのだろうか？　おとなはどうなんだろう？

明日はカゼルタにつくだろうか？　そこはどんな町だろう？　メッシナのようなところかな？　いや、もっと小さい町にちがいない、海の近くではないな。ぼくがお母さんと散歩したサン・マルコみたいな村だろうか？　サン・マルコ村は山奥《やまおく》のほんとに小さな村だったので、そこへいく道しるべもなかったのを思いだした。ぼくの思いはおだやかな風にただようように、いつの間にかお母さんのほうに向かっていた。もうカゼルタの町のことなど頭になかった。心のなかで、お母さんと二人ですわっていた石塀《いしべい》を思いうかべていた。お母さんの話を聞きながらぼくがいつも見つめていたとかげを、思いだしていた。ぼくはたくましかったんだろうか、お母さんがのぞんでいたように。ぼくは親切だったんだろうか。ぼくは、元気だったときのお母さんの顔を目の前に思いうかべていた。そのとき初めて、お母さんはとてもやさしかったけれど、鉄のようにたくましくもあったことを、ぼくはさとった。

いつの間にか、ねむってしまったにちがいない。アンナの声にびっくりして目をさました。アンナはぼくの名前を呼《よ》びつづけていた。おびえているみたいな声だった。ぼくはぶどうの木のかげにすわっていた、それで、アンナには見えなかったのだ。「アンナ」と、ぼくは呼んだ。

アンナは小屋の入り口のすぐ外に立っていた。その顔に月の光がいっぱいにそそいでいた。「グイド」アンナはささやくようにいいかえした。ぼくのほうへ近づきながら、なん度もなん度もぼくの名前を呼んだ。「ああ、グイド」アンナはぼくのそばへ、しずみこむようにひざまずいた。「あんたがいなくなってしまったと思ったのよ！　いなくなってしまったと思ったの！」

ぼくはアンナの髪《かみ》をなでた。長いこと、ぼくたちはひとことも口をきかなかった。ぼくは月の表を雲が通りすぎるのを、見つめていた。すると、アンナがささやいた、「わたし、体を洗《あら》うのをわすれないわ」そういって、アンナはすわりなおした。「わたしのおばさんは、ずっと病気だったのよ。それに一部屋しかなかったの。台所は使わせてもらえなかったわ。みんな、わたしたちを追いだそうとしていた。でも、もうアパートもなくなったし、みんな死んでしまったわ」

「そんなことどうだっていいじゃないか」と、ぼくはいい、みんなとはだれのことをいっているのかきかなかった。そのとき、ぼくは、ナポリでぼくたちの身におこったことなど、どうでもいいことなのだと感じていた。しかし、そんなふうに思えたのは、月がかがやき、おだやかな夜風が吹《ふ》いていたせいだ。自分の身におこったことは、どんなことでも大事なことだ。どんなことでも、小さな傷あとを残していく。よいことでも悪いことでもそうだ。おとなになったとき、その傷《きず》あとが、人生の物語になるのだ。

「さあ、ねなくちゃ。明日はたくさん歩かなきゃならないぞ」

ぼくはアンナを先にねかせ、アンナがねたころぼくも小屋に入った。月の光が、戸口からさしこんでマリオの顔を照らしていた。マリオはぐっすりとねていた。顔には、ほほえみがうかんでいた。

# 12　馬車に乗って

貧乏人《びんぼうにん》は財産をまもれるとか、泥棒《どろぼう》にも情があるなんていうのはうそだ。飢《う》えたねずみが自分の子どもを食べてしまうように、貧乏人からものを盗《ぬす》む貧乏人がいる。

その男があとをつけてくると、ぼくたちが初めて気づいたのは、まだカゼルタのずっと手前でのことだった。おおぜいの人がその道を歩いていた。ぼくたちはその人たちを追いこしたり、その人たちに追いこされたりしていたが、その男は、ぼくたちと同じ速さで、ぼくたちの後ろを歩いていた。その男はみすぼらしかった。頭にぼろぼろの戦闘帽《せんとうぼう》をかぶっていた。でも、足ははだしで、手には一本の棒《ぼう》きれをもっているだけだった。ぼくはなんとなくその男がいやだった。今まで見た多くの避難民《ひなんみん》とちがっているわけではなく、悪人にも、卑劣《ひれつ》な人間にも見えなかったのに。カイン（弟殺しのために罪人の代《だい》名詞《めいし》とされている聖書《せいしょ》中の人物）は額に烙印《らくいん》を押《お》されていたが、それは昔の話で、神様が今よりずっと、人間の近くにおられたときのことだ。

「しばらく休んでいこう」と、ぼくはいった。

大きな一本の木が、道に木かげをつくっていた。その木の下には草が青々とはえ、みきのそばにはまるい石があった。ぼくは、アンナとマリオが草の上にねそべっている間、石に腰《こし》を下ろし、横目で、あとをつけてくる男の様子を見まもっていた。男は、ぼくたちがとまると、やはり立ちどまり、それから、ぼくたちのほうへ二、三歩近づいてきた。

大きな物音がした。そちらを見ると、お百姓《ひゃくしょう》の乗った馬車がやってくる。その男も、ふりかえって見ていた。

「あの馬車がここへきたら」と、ぼくはアンナにささやいた。「立ちあがって、馬車のわきを歩くんだ」

馬車のお百姓と、ぼくたちにつきまとっている男と、ぼくたちしか道路にはいなかった。お百姓が声《こえ》のとどくところへくると、ぼくは声をかけた。「おはよう」

　お百姓はぶつぶついった。それでも、ぼくたちがしばらく、あとにくっついて歩いていると、こういってくれた。「乗りたければ、馬車に乗んな」

「ありがとう」ぼくはマリオのひじをかかえてだきあげたが、馬車のわき板があまり高くて、マリオを馬車に乗せることができなかった。

「さあ、おれが乗せてやろう」あとをつけてきた男がいった。

《あっちへいっちまえ！》と、ぼくはいいたかったのだが、思いきってどなれなかった。男はマリオをぼくからとりあげると、やすやすと馬車に乗せた。

「おまえさんの子どもかよ？」お百姓は男をちらっと見た。その顔を見て、お百姓がなにを考えているのかわかった。《なんだってこんなにたくさんの通行人を乗せて、わしの馬を疲《つか》れさせなければならんのだ？》と考えていたのだ。

「そうだ。カゼルタへいくところだ。親せきがいるんだ」

　ぼくは、この男とはなんの関係もない、とさけぶことはできたろう。でも、ぼくがうそをついているのだと、この男がいうぐらいのことはわかっていた。おとなと子どもの議論では、子どもの言葉はかんたんに無視《むし》されてしまう。

「それじゃ、ともかく、おまえさんもしばらく乗るといい」馬車の主はしぶしぶと笑《わら》い、体を少しずらし、男をすわらせるため、御者席《ぎょしゃせき》をあけた。

ぼくたち子どもは、後ろ向きに荷台に乗った。二人の背中《せなか》は、ぼくたちの後ろの、頭より少し高いところにあった。

「あいつはなにをするつもりなの？」アンナがぼくにささやいた。ぼくは首を横にふった。ぼくにも、あの男がなにをもくろんでいるのか、はっきりわからなかった。マリオは馬車に乗れたので大よろこびで、姉《ねえ》さんとぼくにかわりばんこに笑いかけていた。ぼくは、子どもに乞食《こじき》をさせ、その金をまきあげているおとなや、子どもに盗みを教え、いやがると、なぐりつけるおとなのいることを聞いたことがある。この男はそんなやつなのか？　ぼくは男の背中を見ようと、ふりかえった。男の髪《かみ》の毛が、首のまわりで白髪《しらが》になっているのに気づいた。男にほかの人とかわったところはなかった。ぼくはポケットに手をすべりこませた。ポケットのなかには、ナイフと六リラ入った小さなカンがあった。

「とびおりられるわよ」またアンナがささやいた。ぼくはマリオを指さした。マリオにはとびおりられないし、それに、お百姓か男かがきっと、ぼくたちのとびおりる音を聞きつけ、馬車をとめるだろう。おとなが二人だ――ぼくは、お百姓が男につく、と思いこんでいた。今はそんなことをしないで、あの男だけになるのを待っていたほうがいいだろう。

「金もうけをしてもしょうがねえな」と、お百姓がしゃべっていた。「金なんか、なんの値打《ねう》ちもなくなっちまったからな」お百姓は手で額の汗《あせ》をぬぐうと、悲しそうに「まったく、戦争のおかげでさ！」といい、それから首をふった。

「それでも、あんたたちには食い物があるからいいさ。ナポリでは、半分以上の人間が、腹《はら》をからっぽにしたままねてるんだ」

「そうだな。おかげさまで、わしらには食い物はある。でもな、いつまで……いつまであることやら。兵隊が盗んだり、よその連中が盗んだり――」お百姓は口をつぐんだ。たぶん、ぼくたちがその「よその連中」、つまり浮浪者《ふろうしゃ》だと気づいたのだ。ナポリや南のほかの町を逃《に》げだし、どこかずっと北のほうへいけば、食い物と仕事があるだろうと、飢えと希望にかりたてられて出てきた連中だと。

「なかには悪いやつもいるさ」男は、自分はそうではないというようにいった。しかし、すぐそのあとで、お百姓をおどすようにいった。「おれは、パン一つのために年よりをナイフでさし殺したやつらを見たことがあるんだ」

「なんてえことだ！　どうしてパンだけとってすませなかったんだ？　どうしてナイフでささな

きゃならなかったんだ？」お百姓はぼくたちをふりかえった。子どもがいれば、そんなことはおこらないと思いたかったのだ。

「悪いやつがいるもんさ」男は笑ったが、いやらしい笑い方《かた》だった。

お百姓はだまりこんでしまった。たづなをふって、馬をとばした。最初の四つ辻《つじ》で、お百姓は馬をとめて、ふるえる声でいった。「わしはここでまがるんだ。カゼルタへいくには、このまま、まっすぐにいけばいい」

「じいさん、ありがとうよ」男はつぶやいたが、立ちあがらなかった。

ぼくは、マリオを馬車のわき板ごしにかかえあげ、道の上に下ろしたあとで、馬車からとびおりた。

「このかわいそうな子どもたちをこのままにしておくのかよ？」その声は乞食の声ではなかった。お百姓は追いつめられたように、道路上をきょろきょろ見まわした。人影《ひとかげ》はまったくなかったし、車の音もしなかった。

「この子たちは母親をなくし、おれたちは腹をすかせてるんだ」男のいっていることはどうということはなかったが、その口調は《金をよこしな。でないと殺してやるぞ》というおどしをふくんでいた。

「助けてくれ！」お百姓が悲鳴を上げた。ぼくは、お百姓が見つめているところへ目をやった。男はお百姓のひざに両手をのせていた。その片方《かたほう》の手に、ナイフをにぎっていた。長くて細いナイフだった。パンを切るより、人を殺すのにいいようなナイフだった。

お百姓はのろのろとさいふをとりだした。革《かわ》のさいふだったが、すっかりすりきれていた。手があまりひどくふるえて、さいふのひもがとけなかったので、お百姓は男のひざに、さいふをそのまま投げだした。男は左手でさいふをつかむと、右手のナイフをすばやくしまいこんだ。ほんのちょっとの間のできごとなので、ナイフがほんとにそこにあったのかどうか、わからないくらいだった。

「じゃあ、気をつけていきな」男は馬車のわきに立つと、お百姓をばかにしたようににやにや笑った。お百姓は怒《いか》りで顔を赤くしていた。

お百姓はたづなのはしで馬のしりをはげしくなぐりつけた。まるで、かわいそうな馬をなぐりつけることで、泥棒をなぐっているのだと思っているみたいだった。馬はかじ棒のなかでとびあがると、馬車をひっぱった。お百姓は御者席からころげ落ちそうになった。それでも、すぐ態勢を立てなおし、もう一度馬をうった。馬は横道へ全速力でかけこんでいった。

「金なんて、なんの値打ちもねえといったことをわすれるなよ！」男はお百姓にそうあびせかけると、声を上げて笑った。それから、ぼくたちのほうを向いた。「さあ、ちびたち、おまえたちのお父ちゃんに、名前を教えな」

アンナはマリオを体の後ろにかばい、なにもいわなかった。ぼくは男の顔を見あげた。

「いうことを聞けば、いいお父ちゃんになってやるぞ。もし聞かないと……」男は、ぼくたちがいうことを聞かなければ、どうするかというように、腕《うで》を大きくふりまわした。

「関係ないだろ。あっちへいっちまえ」と、ぼくはいった。男を泥棒と呼《よ》んで、ぼくの知っているかぎりの悪口でののしってやりたかったが、それ以上はなにもいわなかった。

「おれについてくるんだ。食い物をやるからな」男はお百姓のさいふを、ぼくたちに向かってふった。「逃げようとしたら、つかまえて、死んだほうがましと思うような目にあわせてやるぞ」男は「死」という言葉をたのしんでいるようだった。しゃべるのをやめたあと、しばらく、アンナをながめてにやにや笑っていた。

アンナは目に恐怖《きょうふ》をいっぱいたたえていた。マリオは今にも泣《な》きだしそうに、顔をゆがめていた。ぼくは、アンナたちのように、おそれてはいなかった。おどしという暴力をつかうのは、弱虫のすることだからだ。ぼくたちが逃げだしたら、こいつはどうするだろう？　イタリアの道にあふれている避難民のなかへまぎれこんでしまえば、こいつは二度とぼくたちをさがしだせないだろう。いいや、ぼくたちが逃げても、自分の悪だくみに利用できる子ども――なぐりつけてむりやり泥棒をさせたり、乞食をさせたりする浮浪児をさがしだしてくるだろう。

「あんたについていくよ」ぼくは明るい声でいい、表情を読みとられないように、顔をそむけた。そうして、アンナに目くばせをした。

# 13 泥《どろ》棒《ぼう》

「まちがいなく、あのでぶの百姓《ひゃくしょう》は、こわがっていたぞ。恐怖《きょうふ》で胃をしめつけられていたぞ」男は笑《わら》い声《ごえ》を立てた。

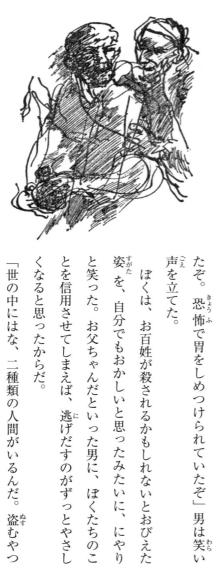

ぼくは、お百姓が殺されるかもしれないとおびえた姿《すがた》を、自分でもおかしいと思ったみたいに、にやりと笑った。お父ちゃんだといった男に、ぼくたちのことを信用させてしまえば、逃《に》げだすのがずっとやさしくなると思ったからだ。

「世の中にはな、二種類の人間がいるんだ。盗《ぬす》むやつと、盗まれるやつとだ。つまり、海の魚と、魚をつかまえて食ってしまう漁師《りょうし》みたいなもんだ」男はまた笑った。
《この泥棒《どろぼう》は、自分のおしゃべりに聞きほれる、ほらふきなんだな》と、ぼくは思った。しかし、男のいったことが、心にひっかかっていた。まえにどこかでそんな言葉を聞いたことがある……。ドイツ人の大尉《たいい》だ、ぼくがアンナとマリオに会った日だ！　あの大尉も、魚のことを話し、人間を魚にたとえていた。自分を漁師か、少なくとも小さな魚を食う大きな魚だと思っていた。《二人ともたくましい人間なんだ》と、ぼくは思った。《でも、親切じゃないから、いたずらに自分をすりへらしているんだ。弱い者をおどかすのではなくまもってやるような、立派《りっぱ》なたくましさをもっていないんだ》
ぼくたちの前方《ぜんぽう》左手に、横に入る道があった。それは小さな村に通じており、教会が見えた。泥棒はちょっと立ちどまった。マリオはへとへとだったので、道ばたの泥《どろ》のなかへすわりこんでしまった。男はちらっとマリオをながめ、頭をふって、そのせまい道を自分についてくるようにと合図をした。
「逃げようよ」と、アンナがささやいた。でも、ぼくはマリオの手をとると、泥棒のあとについていった。

「売るパンなんてないよ」教会のとなりにある小さな店のおばさんは、顔をしかめるとそっぽを向いてしまった。しかし、男は二つあったテーブルの一つにすわり、ごつごつした板にひじをついた。「食い物をくれ。金はあるんだ」

おばさんはぼくたち子どもをじっと見つめていた。ぼくはおばさんに笑いかけた。「おまえさんの子どもかい？」おばさんがうたがわしそうにいった。それを聞いて、このおばさんならわかってくれるかもしれない、ぼくたちを信じてくれるかもしれないと思った。

泥棒はため息をつくと、片手《かたて》で髪《かみ》をかきむしった。「この子たちの母親が死んでな。おれが北にいる妹のとこへ、つれていくところなんだ」

おばさんはマリオから泥棒へと笑顔《えがお》を向けた。やすやすと口車にのせられてしまっている。

《おとな同士ってのは、いつも相手を信じてしまうんだな》と、ぼくはにがにがしく思った。

「豆ならあるよ」と、おばさんがいった。「おまえさんたちみんなの分で二リラだね」

泥棒は両手をさしあげた。「ああ、なんてこった。みんなで貧乏人《びんぼうにん》を、家のない子を食い物にするんだ。子どもたちが夜、外で、腹《はら》をすかせ寒さにふるえているのを知りながら、イタリア人は男でも女でも、ねるまえに自分のためにお祈《いの》りをあげてるんだ。あきれたこった」

おばさんが顔をそむけると、泥棒はマリオを指さした。「おれたちは一日じゅう歩いていたんだ。このちびはへとへとになって、立ったままねてしまいそうなんだぜ。この子の母親が見たら、天国で泣《な》いていることだろうよ。でもな、おれは金をもっているんだ。おれたちは乞食《こじき》じゃねえ――少なくとも、まだ、そうじゃねえのさ。でも、ぶどう酒を一びんわけてくれよ。のどがからからなんだ」

おばさんはこっそりと、台所へ通じているドアのほうを、肩《かた》ごしにちらっとふりかえった。たぶん、台所の向こうが寝室《しんしつ》なのだろう。おばさんがささやくようにいった。「ただでやるわけにはいかないんだよ。うちの亭主《ていしゅ》がね、乞食にはとてもうるさいからね。でも、一リラくれれば、食べ物とぶどう酒をあげるよ。わたしは、マリア様にあげるろうそくを買うお金をもっているのさ。それをうちの亭主にやれば、わかりはしないからね」

「親切なおくさんにマリア様の祝福を！」泥棒はそういうと、ポケットから一リラをとりだしたが、盗んださいふは出さなかった。

「この子たちのためにあげるんだよ」

《おばさんには子どもがいないんだな》と、ぼくは思った。《それで、子どもがほしいんだ。子どもがいなくて、さびしがっているんだ》

おばさんは、自分の子どもをもったことのない女の人がよくするように、とてもやさしく、おずおずとぼくたちに話しかけた。アンナとぼくが立ったままでいるのに気づくと、いいわけでもするようにいった。「おまえたちも、おすわりよ」

「ありがとう」アンナとぼくは同時にいった。

「腹がすくのと、のどがかわくのとじゃ、どちらがこたえるかな?」ぼくたちが食事を終えると、泥棒はしゃべりながら、びんからコップに最後のぶどう酒をついだ。

「首をつられる人間は、銃殺《じゅうさつ》される人間をうらやむそうだよ……。でも、ほんとうのとこはだれにもわからないんだ」ぼくは、まえに大工が「だぶだぶ」じいさんと議論しているのを聞いたことがあるが、それをそのままくりかえしていった。ぼくがそういうと、泥棒はよろこんだ。

「明日はカゼルタへ着くさ。昔はゆたかな町だったがな。ナポリの王様が避暑《ひしょ》にいってたとこだ。昔はあのブルボン王朝の王様が満足したぐらいだから、おれたちの分も、なにか少しは残っているだろう」

ぼくはあいづちをうっていたが、心のなかではこういっていた。《明日は、おまえとなんかいるもんか》

泥棒は、ぼくがなにを考えているのかわかったように、体をかがめて、テーブルの上に乗りだしてきた。「おまえたちが乞食をしている間はな」と、泥棒はささやいた。「おれがちびをみていてやる。もしもかせぎをもってこなかったら、もってくるまで、おまえたちをなぐりつけてやるからな」

ぼくはアンナを見た。アンナが怒《おこ》っているのか、こわがっているのかわからなかった。でも、ふとひざを見ると、アンナは両手のこぶしをにぎりしめていた。マリオはいすの上でねており、なにも聞いていなかった。

「食べ物をくれれば、乞食をしてやるよ。でも、なぐったり、食べ物をくれなかったりしたら、ぼくたちは逃げちまうからな。そうすると、あんたにはちびしか残らないぞ」

泥棒はちょっとだまりこんだ。額にしわをよせていた。計画などたてられないほど頭が悪いんだ、とぼくは気がついた。お百姓のさいふを盗んだのは、あのときとっさに思いついたことなのだ。たぶん、ぼくたち子どもに乞食をさせようとしたのも、ぼくたちのあとをつけているうちに思いついたのだろう。それなら逃げだすのはやさしいはずだ。それは、この男が危険《きけん》な人物であるという警告《けいこく》でもあるが。この泥棒のような人間は、十リラのために人殺しをする。こういう人間は、獣《けもの》のような欲望《よくぼう》や感情でものを考えるのだ。

「おまえたちが逃げたら、ちびを殺すぞ」泥棒はねているマリオの頭のほうへ、手をふった。マリオは疲《つか》れきって、テーブルにうつぶせになっていた。

「どうしてぼくたちが、逃げださなければならないんだ？　面倒《めんどう》をみてくれるなら、こっちには逃げる理由なんてないんだ。子どもは、まもってくれるおとながいると助かるんだよ」

泥棒は、やさしいほほえみとはそんなものだと思ったのか、唇《くちびる》をまくりあげて、「よくしてやるよ」と、いった。

泥棒は店の裏《うら》の馬小屋に、ねる場所をつくってくれた。その馬小屋は、ずっとまえから使われなくなっていたが、馬がそこにいたころのにおいがまだ残っていた。ぼくは馬のにおいが好きだった。そのにおいは洞窟《どうくつ》を思いださせた。洞窟に帰りたくなったが、どんなにあっさりそこを追いだされたかを思いおこした。ぼくは、もう二度と洞窟のことを考えまいとした。

そこは小さな馬小屋だった。窓《まど》はなかったし、入り口は一つだけで、内びらきのドアがついていた。泥棒は、「泥棒に入られたくないからな」と冗談《じょうだん》をいいながら、そのドアに折れた梁《はり》でつっかい棒《ぼう》をした。それから、外へ出ていきたい者は自分をまたがなければならないように、入り口の前に横になってから、いいたした。「これで、どんなちびの泥棒でも逃げだせやあしないぞ」

ぼくはマリオをだいていた。マリオはまだ、ぼくの腕《うで》のなかでねていた。ぼくはマリオを、入り口からできるだけはなれた奥《おく》へねかせた。アンナはマリオのとなりに体を横たえた。ぼくは大《おお》

13　泥　　　棒

声《ごえ》でいった。「さあ、ねよう。明日はうんと歩かなければならないぞ」

ぼくは壁《かべ》によりかかってすわり、アンナにささやいた。「あとでな……あとでな」アンナがなにかいいたがっているのがわかったので、ぼくは暗闇《くらやみ》のなかで手をのばしてアンナの顔にふれ、だまっているんだと注意した。

ぼくは、アンナもマリオもねかせたくなかったが、すぐにアンナは規則正しい寝息《ねいき》を立て、ぐっすりねこんでしまった。泥棒がいびきを立てはじめると、ぼくは四つんばいになって、そっちのほうへはっていった。ひとすじの月の光が、壁とぞんざいにつっかい棒をしてあるドアとの間からさしこんでいた。男の寝顔《ねがお》を照らしだしていた。

泥棒は、悪いことを考えたり、したりしたことなんてないように、おだやかな顔をしていた。この男をこんな人間にしたのはなんなのか？　食事をしているとき、ぼくは心のなかで、《まさかのときには、この男を殺してやる》と考えていた。ぼくはポケットに手をのばした。そこにはナイフが入れてあった。しかし、泥棒がねているすきに、そんなことはできない。でも、目をさましているときも、彼《かれ》のほうがぼくよりずっと強いから、やはり無理だ。ぼくは泥棒の片手《かたて》に目をとめた。その手は戸にもたれかかり、なぐろうとでもしているように、強くにぎりしめられていた。ずっとまえ、この男もぼくぐらいの年の子どもだったんだ。そのまえは、マリオみたいに小さかったんだ。《子どもがおとなになると、なにがおこるんだろう?》ぼくは自分にそうたずねたが、なんの答えも見つからなかった。

馬小屋の屋根は低かった。ぼくたちがねているすみは、ぼくの頭から屋根までほんの十センチぐらいしかなかった。ぼくは両手をのばした。屋根はスレートばりだった。ぼくは暗闇のなかでにやりと笑い、手をこすりあわせた。用心しながら、スレートを一枚《まい》ずつとりはずした。月の光がアンナの顔を照らし、アンナはねがえりをうった。ぼくはそっとアンナの横にひざまずき、その耳にささやいた。「アンナ、おきるんだ!」

やっと目をあけたとき、アンナはなにがなんだかわからないような顔をしていた。どこにいるのか、わからなかったのだ。ぼくは、自分の口に指をあて、声《こえ》を出すなと合図をした。次に、屋根にあけた穴《あな》を指さした。なにをするのか説明することはなかった。アンナはほほえむと、すぐにぼくを手伝ってくれた。

六枚目《まいめ》のスレートをはずすと、穴はぼくたちがはいだせる大きさになった。ぼくはスレートをはずした壁のてっぺんに手をかけて、体を乗りだした。外をながめわたすことができた。壁の外は小さな庭で、その向こうは道になっていた。《犬さえいなければな》と、ぼくは思った。

アンナは弟をおこそうとしていた。マリオはぐっすりねむりこんでいたので、アンナが手荒《てあら》く

体をゆさぶっても、目をさまさなかった。しまいには、弟をひっぱってすわらせたが、マリオは目もあけずに、胸《むね》に小さな頭をたれていた。アンナは怒ってマリオをながめ、髪の毛をひっぱろうとした。ぼくはその手を押《お》しのけ、マリオのおでこをこづいた。マリオは目をしばたき、ねかせておいてくれというように、ぼくを見た。

ぼくは屋根の穴のほうへマリオの顔を向けた。マリオはわかったとうなずいた。アンナは穴からはいだすと、たいした高さではなかったので、地面へとびおりた。ぼくはマリオをだきあげた。そのひょうしに、マリオの片足《かたあし》がぼくの顔をけとばし、ぼくはもう少しで声を上げてしまうところだった。マリオを壁の上に押しあげることはできたが、マリオはとんでもない方向《ほうこう》を向いていた。ぼくは向きをかえなければならないことをわからせようとしたが、マリオはすっかりこわがってしまい、頭をふるだけだった。そうしながらむちゅうで、屋根のたる木にしがみついていた。やっとのことでマリオの足をつかむと、体の向きを反対にかえさせながら、壁のてっぺんに足を押しあげた。アンナが、とびおりるのよ、とささやいていたが、マリオはこわがってすくんでいた。その間ずっと、ぼくはふりかえっては、泥棒に目を走らせていた。ふいに、泥棒は戸にかけていた腕を動かした。ぼくはマリオを壁の向こうにつき落とした。マリオは姉《ねえ》さんの上にころげ落ち、姉さんの名前をさけんだ。ぼくは、できるだけすばやく壁を乗りこえ、外へとびおりた。

アンナは、マリオの口を手でふさぎながら、ぼくを待っていた。月はこうこうとかがやいていた。「あそこの木まで走るんだ」ぼくはそうささやいて、庭のはしのオリーブの木を指さした。葉が月の光で銀色に光っていた。アンナは弟をだきかかえてはこんだ。

ぼくは屋根の穴の下で耳をすませながら、しばらくじっと立ちつくしていた。馬小屋のなかは静まりかえっていた。泥棒が飲んだのは、強いぶどう酒だったのだ。

「どっちへいくの、グイド?」村を通りすぎて街道に出ると、アンナがいった。泥棒がねている馬小屋からは、もうずっとはなれていたが、アンナはささやくような声で話した。

「カゼルタへはいかないんだ」そういってから、おどろいたことに、ぼくも声をひそめて話をしていることに気がついた。《夜だからだ》と、ぼくは思った。《暗いから声をひそめているんだ》

ぼくは左右をながめた。少し先に、右に入っていく道があった。その向かいに、道しるべが立っていた。「あっちだ」と、ぼくはいった。その道しるべの前へいって、ぼくはいった。「カプアへいくんだ」

「それはカッシノへいく途中《とちゅう》にあるの?」

ぼくはほほえんだ。カッシノは、カゼルタと同じように、たんに一つの地名にすぎないのだ。それなのにアンナは、その町が単なる地名ではなく、なにかがあると期待している。それで、ぼくは大きな声でいった。「そうだよ。カプアはカッシノの途中にある、すばらしい町なんだ」

# 14　カプアをこえて

ぼくたちはカプアで足をとめなかった。カプアは兵隊であふれていた。ぼくは一人の兵隊からパンを買った。ぼくたちはまだ五リラをもっていたし、昨晩《さくばん》ごちそうを食べたしから、乞食《こじき》をしなかった。おなかがいっぱいなのに乞食をする人もいるが、

そんな人はわずかだ。たいていの人にとって、手のひらを上に向けて右手をさしだすのは、泥棒《どろぼう》をするのと同じぐらいむずかしいことなのだ。たぶん、泥棒をするよりもむずかしい。世界に乞食のいない町はあると聞いたが、泥棒のいない町があるなんて一つも――アメリカでさえないそうだが――聞いたことがないからだ。

もうすぐ正午になるところだった。太陽がぼくたちの背中《せなか》に照りつけている。ぼくは、道ばたに休める木かげや場所がないかとさがしていた。分れ道にやってきたが、道しるべはなかった。片方《かたほう》の道は、もう片方の道より人通りが少なかった。泥棒に会ったりしたから、ぼくは人通りの少ない道をえらんだ。

「こっちでいいの？」アンナがおずおずといった。

ほんとうにおかしなことだったが、ぼくが答えられないで笑《わら》っていると――どっちの道をいくのがいいのかなど、ぼくにどうしてわかるだろう？――アンナは安心したみたいだった。

「おちびさんがへばっているわ」と、アンナがささやいた。

マリオは疲《つか》れきって、頭をたれて歩いていた。きっと、マリオにはなにも――足もとの泥《どろ》さえ見えなくなっていたと思う。運よく、少し先の畑に、数本の大きな木がそびえていた。

木かげはほんとにすずしかった。そばを小川が流れていた。ぼくたちは小川の水を飲み、カプアで買ったパンを、あらかた食べてしまった。マリオは、パンを食べ終わらないうちにねこんでしまった。ぐっすりねむりこんだのか、パンのかけらが手からこぼれ落ちた。ぼくはそれを拾いあげた。マリオが目をさましたら、それをやることができるようにだ。

「あいつは……」

ぼくはうなずいた。泥棒のことを、アンナがいおうとしているのがわかった。

「わたしたちをどうするつもりだったの？」

ぼくは肩《かた》をすくめた。アンナは、ねている弟のとなりに横になっていた。ぼくはそのそばにすわっていた。

「こわかったわ。なぐられるかもしれない、と思ったからじゃないのよ。そうじゃないのよ」アンナはほこらしげにいった。「わたしはなぐられるのなんてこわくないわよ」そういって、しばらくだまっていたが、ぼくの手をさわってささやいた。「グイド、ときどき、おとなってなにかかくしているみたいな、なにかいやらしいことをかくしているみたいなふりをするわね。そんなとき、おとながこわくなるの。あいつは、そんな、夢《ゆめ》のなかに出てくる夜の獣《けもの》みたいだったわ。昼間は、たしかにライオンだったのに、夜になると、名前もわからないいきみの悪い獣になってしまうようなね」アンナはぼくから顔をそらすと、弟にちらっと目をやった。「マリオはね、なぐられるのがこわかっただけよ。この子は動物の夢を見ると、その動物にかならず食べられてしまうんですって……。子どもなのね」

「子どもなのね」と、アンナがいった口調を聞いて、ぼくは初めて、アンナが弟を愛しているのだというのがわかった。

「ぼくたちだって子どもさ」と、ぼくはいった。「おとなは、ぼくたち子どもよりも、一人一人がちがっているのかもしれない。でも、あいつは、ただの泥棒だったんだ」

アンナは、疲れていたから、とてもゆっくりしゃべっていた。「そうよ、あいつは獣ね、グイド、でも、ときどきわたしは、獣でないおとなの顔にも、なにかかくしているものがあるように思えてくるの。だから、親切な人でも悲しそうだし、なにかをおそれているような顔をしているんだと思うのよ」アンナが話すのをやめたとき、そのまぶたはくっつきかけていた。

「もう、あいつには会わないよ。あいつのことなんて気にするなよ」ぼくは、悪魔《あくま》しかいないと信じていた「だぶだぶ」じいさんのことを思いだしていた。

ねむりかけていたアンナは、長いことかかって答えた。「グイド、あなたは男の子だわ……。男の子って、ときどき、ほんとにおばかさんになるわ」

ぼくが文句をいおうとすると、アンナはねてしまった。男の子が女の子よりばかなのかどうか考えてみた。ぼくはずっと、女の子のほうがばかだと思っていた。女の子たちは、いつもばかみたいにくすくす笑うじゃないか。ぼくはねむりたくなかった。それでも、疲れきっていたので、横になった。「獣か」ぼくはつぶやきながら、ぼくの洞窟《どうくつ》の近くにいた、大きな片目《かため》のおす猫《ねこ》を思いだした。アンナのいったことが、きれぎれに頭にうかんできた。「なにかかくしている……獣……おとな……」

目がさめたのは、鼻にはえがとまったからだ。はえは鼻先から鼻すじへ、それからまた鼻先へと散歩していた。ぼくが顔をふると、はえはおでこにとびうつり、それから、唇《くちびる》にとんだ。とうとう、ぼくは体をおこした。太陽はもう地平線にしずみかけ、木の影《かげ》がくろぐろと長くのびていた。アンナとマリオはまだねていた。ちびは、姉《ねえ》さんの腕《うで》に頭をのせていた。

あたりの景色はほんとにおだやかだった。ぼくは小川の水を飲もうとひざまずいて、水音に聞きいった。ぼくはその音をみだしたくなかったから、しばらくじっとしていた。水を飲んでから、顔を洗《あら》った。夕ぐれの大気につつまれて、顔がひんやりとした。ずっと遠くに羊の群れをつれた羊飼《ひつじか》いの姿《すがた》が見えた。《ここは昔のままなんだ》と、ぼくは思った。《羊飼いがいるし、小川や長い青い草や大きな木がある》ふいに幸福な気分になった。草の葉を一枚《まい》ひきぬき、そのはしのやわらかいところをかんだ。《明日も……昨日も……ぼくが死んでしまっても、ここはこのままなんだ。今までも、ぼくのような人間がいたんだ。これからは、もっとふえていくだろう》ぼくは、そんなことを考えている自分におどろいた。まえにこんなふうに考えたことはなかった。まわりのものを、自分が見ているものをすべて愛するなんて。

「おきなよ」と、ぼくはささやいた。アンナは答えなかった。ぼくはそっと、アンナをゆすった。アンナはゆっくり目をあけ、静かにきいた。「わたし、ねていたの？」

ぼくが笑うと、アンナも体をおこしながら笑った。マリオは、アンナが動いたものだから、ねむりをさまたげられ、腹《はら》ばいにころがって、両腕《りょううで》で頭をかくすようにかかえた。ぼくたちはマリオを見まもっていた。ちっちゃな犬みたいだった。ぼくはアンナの前に体をかがめ、マリオの頭をかるくたたいた。

「カッシノまでどのくらいなの？」

ぼくは肩をすくめた。困《こま》ってしまった。ぼくにどうしてわかるんだ？　どうしてそんなことが問題なんだ？　どこへいっても同じじゃないのか？　ぼくたちは、ほんのちょっとまえ、小川を出発したばかりだった。マリオにパンのかけらをあたえ、みんなで小川の水を飲んできた。なのに、もう疲れていた。

「カッシノがいい町でなかったら、どうするかな？　カプアのように兵隊さんがいっぱいで、パンがなかったらどうしよう？」ぼくは、たいしたことでないようにそういった。アンナが動揺《どうよう》しても、ちょっと冗談《じょうだん》いっただけだよ、とごまかせるように。

「そのときは、どこかよそへいこうよ」と、アンナがいった。

「でもずっと、カッシノのことばかりきいてたじゃないか」

「わたしは、これからいく場所がどんなとこか考えるのが好きなの」アンナは地平線のほうをながめていた。「向こうへいけば、なにかある気がするの。なんにだって名前がなければいけないわ。わたしの名前がアンナで、あなたの名前がグイドのようによ。犬は犬、猫は猫と呼《よ》ばれるでしょう。わたしは、自分たちがどこかへいくところだ、と考えるのが好きなのよ。それに、名前があれば、そういう場所がちゃんとあって、自分がたしかにそこにいけるんだってことがわかるじゃない」

ぼくはほっとした。でもどういうわけか、まえにもまして困ってしまった。「カッシノがどんなところだか、わからないぞ」

「わたしのおばさんが——お父さんの妹のことだけど、ニューヨークにいるのよ。カッシノがだめなら、ニューヨークへいけばいいわ」

ぼくは笑ってしまった。ニューヨークが大きな海の向こうの、アメリカという国にあり、歩いていけないのを知っていたからだ。「名前を知っているからといって、ニューヨークがどんなところだか、わかってるのか？」

アンナはしばらくだまっていた。「とてもお金持ちの都会だわ」アンナがふいにいいだした。「ナポリとはちがうわ。でも、ナポリのように海に囲《かこ》まれていて、イスキアやカプリのような小さな島があるのよ。大きな高いせん塔《とう》をもった教会がたくさんあるわ。みんな金でできているの。朝、太陽がのぼると、金の針《はり》のようにかがやくのよ。まわりには高い城壁《じょうへき》があって、海のほうまでつづいているの。その海には、きれいな色の魚がいっぱいいるわ。町のなかには、宮殿《きゅうでん》や庭があって、チョコレートの箱の絵みたいに、子どもたちがブランコに乗って遊んでいるの。みんなしあわせなのよ」

昔、まだお母さんとメッシナにいたころ、ぼくはニューヨークからきた絵はがきを見たことがある。大きな橋があったが、宮殿や教会はその絵はがきにはのっていなかった。「どうしてニューヨークが、そんなとこだとわかるんだ？」

アンナは自信ありげに頭をふった。「アメリカがお金持ちの国ではないというの？　アメリカにいった人はだれでも、出かけていくときはどんなに貧乏《びんぼう》でも、お金持ちになってイタリアへもどってくるわ」

そのとおりだと、みとめないわけにはいかなかった。たくさんの貧乏人《びんぼうにん》たちがアメリカでほんの数年すごしただけで、生まれ故郷《こきょう》の村にもどると、家を買い裕福《ゆうふく》なくらしをしていると、シチリアで聞いたことがある。「でも、たぶん教会なんかないよ」と、ぼくはためらいながらいった。

アンナはほほえんでから、きっぱりといった。「ローマはナポリよりお金持ちじゃないというの？　ローマには、ナポリより立派《りっぱ》な教会や宮殿や公園がないというの？　そうよ、そのローマだって、ニューヨークとくらべたら、お話にもならないのよ。だから、ニューヨークにはずっと立派な教会や大きな宮殿があるにちがいないわ。お金持ちが、美しいものをほしがらないというの？　貧乏な女の人だって、美しい服が好きなのよ。食べ物より美しい服が好きなことだってあるのよ」

ぼくは笑って、アンナのいうことに賛成した。ぼくは、お母さんがいちばんいい服をじまんしていたのを思いだした。お母さんは、お父さんが死んでから、ずっと黒い服を着なければならなかったけれど、そのいちばんいい服はきらきら光る生地でできており、首のまわりにはレースがついていた。

もう暗かったが、その夜はあたたかかった。まもなく月がのぼるだろう。空にはもう星が出ていた。あの星は一つ一つが太陽だ、朝のぼってくる太陽と同じものだ、と大工が話していた。だとしたら星はよっぽど遠くにあるにちがいない。ぼくは、星にはそれぞれ地面があり、それぞれの地面の上で子どもたちがくらしているのかなと考えた。その一つには、グイドという少年がいて、ぼくのように貧乏なのだろうか？　ここのように、気持ちよい夏の風が吹《ふ》き、ほこりっぽい道があるのだろうか？　それとも、ニューヨークのような感じなのだろうか？　どこもかしこも金でつくられている宮殿があるのだろうか？　貧乏人はぜんぜんいないのだろうか？　戦争はないのか、兵隊はいないのだろうか？

丘《おか》の向こうに月の光がさしてきた。ゆっくりと、だれかが糸でひっぱっているかのように、月がひっそりとのぼってきた。オリーブの木の葉に月の光がきらめいた。道の反対側に、等間隔《とうかんかく》にうえられたぶどうの木の列が、鉛筆画《えんぴつが》のようにうきあがった。

「今夜はここでねよう」と、ぼくはいった。「ぶどう畑でね。だれにも見つからないだろう」

ぼくは、マリオをだきかかえて溝《みぞ》をこえ、ぶどう畑に入った。マリオを下ろしてやったが、マリオはぼくの手をはなそうとしなかった。《月がこわいんだな》と、ぼくは思った。ぼくはマリオの手をやさしくにぎりしめた。なんといっても、マリオはまだ四つだった。

# 15 橋

「海へ向かっているのね。カッシノは海のそばなの？」

ぼくたちは丘陵《きゅうりょう》地帯《ちたい》をぬけた。平野がぼくたちの前方《ぜんぽう》に広がっていた。アンナがいったように、ぼくたちは海に近づいていた。ぶどう畑ではよくねむれなかったので、ぼくは疲《つか》れきっていた。さっき通ってきたところに道しるべがあり、片方《かたほう》にはセッサ・アウルンカ、もう一方《ぽう》にはフォルミアと書いてあった。ぼくはフォルミアへの道をえらんだが、もう後《こう》悔《かい》していた。フォルミアはずっと遠くにあるにちがいない。かなり遠くまで見はらしがきくのに、牧草地と畑しか見えなかった。

道ばたに門があり、小道が畑を横ぎってずっと奥《おく》の家へ通じていた。門の向かいには細い道がくぼ地のほうへ通じていた。とても大きな木が、そのくぼ地をおおっていた。トマトをいくつか盗《ぬす》み、ぼくのシャツにくるんではこんだ。あまり暑かったので、シャツは着ていられなかったのだ。ぼくはアンナとマリオにトマトを二つずつやり、三人で門の横の石にすわって食べた。食べ終わってから、ぼくはそのひらたい石の上の土ぼこりをなんとなく指ではらってみた。その石は大理石で、いくつかの文字がきざまれていた。ぼくはアンナとマリオを立たせ、表面の泥《どろ》やほこりをはらい、石をきれいにした。たくさんの文字があらわれたが、ぼくには読めなかった。この文字は、神父がしゃべる言葉のようなラテン語にちがいない。

ごろごろという大きな音が聞こえてきた。ぼくは道路にとびだした。北の、フォルミアがあると思われる方向から、ぼくたちのほうへやってきたのは、長いトラックの列だった。先頭は一台の戦車で、鉄のキャタピラをアスファルト道路に押《お》しつけ、大きな音をひびかせていた。「逃《に》げるんだ！」ぼくはアンナとマリオにどなった。ぼくたちは門につづく細い道にかけこんだ。トラックには、兵隊がいっぱい乗っていた。大砲《たいほう》がつまれている車もなん台かあった。「あいつらはドイツ人だ」と、ぼくはアンナにささやいたが、小声《こごえ》で話す必要はなかった。トラックや戦車の音が大きいから、大声《おおごえ》でさけんだとしても、道路からではぼくたちの声など聞こえないからだ。

「どこへいくのかしら?」と、アンナがいった。

「たぶん、ナポリだ」と、ぼくは答えた。

ぼくはお父さんのことを思いだしていた。お父さんは、今ぼくたちが見たばかりの、あんな戦車に乗っていたんだろうか? ぼくをひざの上にすわらせているお父さんの姿《すがた》という、ただ一つの記憶《きおく》を手がかりに、お父さんがどんな軍服を着ていたか思いだそうとしたが、だめだった。お父さんは死んでしまった! ぼくの知っていることはそれだけだった。どんな死に方《かた》をしたのかも知らないし、お母さんも話してくれたことがないから、知っていたとは思えない。最後の車が通りすぎた。それは小さなオープンカーで、三人の将校《しょうこう》が乗っていた。エンジンの音がゆっくり消えていき、空中にまいあがった砂《すな》ぼこりが、ふたたび地上をおおった。《どのくらい》と、ぼくは考えた。《このうち、どのくらいの兵隊が死んでいくのだろうか?》

ぼくは、高くそびえている、土手の上の大きな木をちらっと見あげた。それは、今まで見たなかでいちばん大きな木だった。道は地面のなかへどんどん切りこんでいくようにつづいていた。大きな木のかげでおおわれていたから、地下道のように見えた。《これは魔法《まほう》の道だ》と、ぼくは思った。《夢《ゆめ》のなかで歩く道みたいだ》

アンナも、同じようなことを考えていたにちがいない。自分一人で、道を勝手に歩きだしていた。マリオが、そのあとを追いかけて、アンナの手をつかんだ。マリオも魔法を感じていたのだと思う。それで、マリオはこわくなったのかもしれない。「アンナ！」と、ぼくは呼《よ》んだ。アンナはふりかえってほほえんだが、立ちどまらなかった。

やがて、一軒《けん》の家が見えてきた。その家の表門は幹線道路《かんせんどうろ》に面していて、小さな裏門《うらもん》まで通じる小道が、今ぼくたちの歩いている道につながっていた。「ほんとの貴族の家だわ。お百姓《ひゃくしょう》の家なんかではないわ」と、アンナがいった。家のなかで、女の人がだれかをどなっている声《こえ》がしていたが、姿は見えなかった。

その家を通りこすと土手が低くなってまた道と同じ高さになったが、それもほんのちょっとの間だけだった。地面は青い草や木でおおわれた谷のほうへ下りになっていたが、道は谷の上流へとのびていた。道の両側には、草ややぶや小さな木がしげっていた。

「これは魔法の道だ」ぼくはいった。

地面が谷に向かって下りになっているところまでくると、道には大きな石がしかれていた。その石は、ナポリの大きな寺院の石像のように、すりへってなめらかだった。アンナもぼくもためらった。ぼくたちは、両側を草でおおわれたその道へ足をふみだすのがこわかった。その道は空中にうかんでいた。それでも、足をふみだしてみると、この道がしっかりしているのがわかったので、ぼくたちは前進した。ぼくとアンナは、マリオの手を片方ずつにぎっていた。

まん中あたりまできたとき、ぼくは道の両側を見おろしてみた。小さな流れと木が見えた、ぎりぎりのはしまで近づく勇気はなかった。アンナも下を見おろしていた。とつぜん、ぼくたちは、その道の残りをかけだした。

だれかがぼくの後ろでさけんだ。ぼくはマリオをつれにかけもどった。谷の反対側に着いてから、道がぼくたちの後ろで消えてしまっているのではないかとなかば予想しながら、ふりかえった。消えてはいなかった。谷の反対側には、さっきの大きな家が見えた。

ぼくたちが歩いていた、その「魔法の道」は橋だった。でも、ぼくが今まで見たどの橋ともにていなかった。赤レンガでできていて、大きなアーチがある橋だった。ぼくは、シチリアの海岸で見た難破船《なんぱせん》を思いだした。その難破船は砂浜《すなはま》に乗りあげていた――風と波でなかばこわれかかって、うちすてられてはいたが、それでも、ぼくが港で見た多くの船よりも、ずっと船らしく見えた。

「きっと、古い橋だわ」と、アンナがいった。

「ポンペイの町のように、大昔につくられたんだと思うな」

橋のわきに、谷へ下りていく小道があった。ぼくたちは、その小道を下りていくことにした。水の流れる音が聞こえ、一度、二つのまるい石の間に水がわいているのが見えた。《ここも魔法の場所だ》と、ぼくは考え、少し体がふるえた。谷底の流れは、はば一メートルあまり、深さ三十センチばかりだった。流れのそばに一軒の家があり、そこからごとごとという音がしていた。

「おはよう」一人の男が、家の戸口からぼくたちに声をかけた。

「おはようございます」ぼくはできるだけていねいに返事をした。ぼくたちを見てにっこりしたので、やさしい人にちがいないと思ったからだ。男の顔にはしわがよっていたが、それは怒《おこ》っているのではなく笑《わら》っているためだとわかった。「ぼくたちは旅をしているんです」

男は、子どもたちばかり三人で旅をしているのを、少しもおかしなことだと思わないらしく、もう一度ほほえんだ。「それで、どこからきたんだい?」

最初、メッシナからだと答えようと思ったが、北部の人はシチリア人が好きでないのはわかっている。ぼくたちシチリア人のことを、泥棒《どろぼう》か山賊《さんぞく》ぐらいにしか思っていないのだ。ナポリの人間も信用がなかった。そこでぼくはいった。「カラブリアのサン・マルコ村からやってきたんです」ぼくには、この人がそんな村のことを聞いたことがないとわかっていたから、いいたした。

「とてもちっぽけな村なんです」

その家のドアの向こうからは、なにかうなるような低い音がたえず聞こえていた。ぼくは一歩横にふみだして、なかをのぞきこんだ。

「水車だ」と、おじさんがいった。

「水車ですって！」ぼくは大声でいった。「どうやって、製粉機《せいふんき》を水で動かすんですか？」

「おいで。見せてやろう」

マリオは戸口までしかいかなかったが、アンナとぼくは家のなかへ入った。家のなかは小麦粉でまっ白だった。大きな石が、もう一つの石の上でまわっていた。歯車や車軸《しゃじく》が回転し、動くのが苦しいように、うめいたり、悲鳴を上げたりしていた。

「こういったものをみんな動かしているのは、この下を流れている水だよ。地下水でな、山の上から流れてくるんだ」

谷に下ってくるとき、はるか下のほうで、まるい石の間から水がいきおいよくわいていたところがあったのを思いだした。

粉屋が三本のレバーをひくと、機械はとまった。すると、さえぎるものがなくなったので、地下水は小川にいきおいよく流れこんできた。

もうこわい音がしなくなったので、マリオもぼくたちのそばへやってきた。粉屋のところへいって手をにぎった。いつもなら知らない人をとてもこわがるのに、そんなことをするとはふしぎだった。

「ぼく、おなかがへってるんだ」と、マリオがいった。

粉屋は怒りだすかのように、表情を暗くした。ぼくは、いそいでマリオのあいているほうの手をつかんで、粉屋からひきはなそうとした。でも、粉屋はマリオに笑いかけて、髪《かみ》をくしゃくしゃといじっただけだった。「さて、なにがあるかな。でも、まさか客がくるなんて思ってなかったからな」ぼくのほうを向いて粉屋はいった。「おまえの弟かい？」

「そうです」と、ぼくは答えた。「こっちが、妹のアンナです」ぼくはためらわずにそういって、アンナをちらりと見た。アンナはなにも気づいた様子がなかった。このときふいに、ぼくはアンナのことをなにも知らないことに気づいた。ぼくはアンナに、自分のことは話していたけれど、アンナは自分の父親や母親のことを話したことがなかった。アンナがみなしごなのか、彼女《かのじょ》とマリオの両親がまだ生きているのかどうかも知らなかった。

粉屋はぼくたちに、自分のべんとうをわけてくれた。「さあ、飲みな」粉屋はそういって、ぶどう酒のびんをぼくによこした。そのぶどう酒は、お百姓の飲むぶどう酒らしく、強くてこかったが、すっぱかった。

「ぼくたちは一晩《ばん》じゅう、外のぶどう畑でねたんだよ」マリオは粉屋にいいつけると、ぼくたちのほうを指さしながら、うらめしそうにいいたした。「それに、いつもぼくには、いちばんちっちゃいパンしかくれないんだよ」

粉屋が笑った。「この水車小屋には、だれも住んでいないんだ」と、粉屋はためらいながらいいだしたが、話しているうちに、自分の話にだんだん熱中していった。「わしはセッサに住んでいる。ここから三キロばかりのところだ。ところで、もし旅の者がやってきて、その人が正直者で、しばらく住む場所がほしいというならばな、わしはその人に、夜の間、この水車小屋の番をしてもらいたいんだよ。道をやってくるたくさんの人のなかには、泥棒がいるかもしれないからな」粉屋はマリオの肩《かた》をだきかかえた。「この谷の少し上流に、お百姓が一人いる。わしの親しい知り合いだ。その男が、わしのいないとき、ここを見はっていてくれるんだ。そいつはきっと、だれかに畑仕事を手伝ってもらいたいと思っているだろう。金はもらえないかもしれないが、でも、このごろでは、食べ物のほうが金よりも大切だと思うよ」

粉屋が話し終わると、すぐにアンナがいった。「わたしたち、ここに住みたいわ」粉屋は同意の儀式《ぎしき》みたいに、アンナとぼくの手をにぎり、マリオをだきあげてキスをした。

粉屋はセッサの家に帰るまえに、水車小屋のとなりの小さな物置に案内してくれた。その物置へは、水車小屋からじかに入ることはできなかった。「ここでねるといい」と、粉屋はいった。水車小屋から、小麦の袋《ふくろ》をなん枚《まい》かもってきてくれた。「ほこりだらけだがな。よくはたけば、布団《ふとん》がわりにはなる」

粉屋はがらんとした物置の床《ゆか》に、その袋を投げだした。「わしは水車小屋に鍵《かぎ》をかけておく。もし、あやしい者を見かけたら、お百姓を呼びにいってくれ」

ぼくは、だれがあやしい者で、だれがあやしい者でないのかわからない、といいかけたが、粉屋がのんびり笑っているのを見て気がついた。泥棒のことなど心配してはいないのだ。粉屋は大きな鍵で水車小屋の戸口に錠《じょう》をかけた。それから、「おやすみ、明日の朝またな」といった。ぼくたちは、粉屋が橋のわきの小道をのぼっていくのを見まもっていた。粉屋は中年だった。肩に小麦袋《ぶくろ》をかついでいるみたいに、少し前かがみになって歩いていた。

「だれをぶっているんだ?」

アンナはわきに、手を下ろした。「袋にきまってるじゃない」

それでもまだ、アンナは怒って顔をまっ赤にしていた。ぼくは笑った。「このあいだの泥棒をぶっているみたいだぞ」

アンナも笑いだした。

「粉屋さんはいい人だな」と、ぼくは声をかけた。アンナはまただまってしまい、袋から粉やほこりをはらい落とそうと、小枝《こえだ》をふりおろし、力をこめてたたいていた。

「どうして、あんな人たちが生きていなければいけないの？　どうして神様は、あの泥棒のような人たちを生かしておくのよ？　どうして、マリア様は、ああいう人たちがどんな人間か、だれにでもわかるように、しるしをおつけになって、世界のはてに、石で追いはらってしまわないのよ！」アンナは小枝を投げだした。そして草の上にすわりこむと、おどろいたことに泣《な》きだした。

「泣くなよ！」と、ぼくはさけんだ。姉《ねえ》さんがすすり泣いているのを聞いて、すぐにマリオもいっしょに泣きだしたからだ。「たぶん、マリア様はそうしているんだ。でも、ぼくたちに、そのしるしが見えないだけなんじゃないのかな？」ぼくはアンナのそばにひざをつき、髪の毛をなでてやった。

アンナは、ぼくの手をはらいのけた。「わたしのお父ちゃんは、あの泥棒のような男なの。自分のことしか考えないわ！　みんなをばかにして笑うのよ」

ぼくは顔をそむけた。「お父さんは今どこにいるんだ？」

「ろうやよ」と、アンナは答え、手の甲《こう》で涙《なみだ》をふいた。「ろうやなのよ」アンナはもう一度いった。「ろうやで死んでしまえばいいわ」

ぼくは、アンナのにくしみの声を聞いて、こわくなった。太陽はしずみかけていた。谷はなかばかげり、なかば金色の光でおおわれていた。「いい人と悪い人がいるんだ。たぶん、神様がそんなふうにつくったんだよ」

「たぶん、そうね」アンナがおうむがえしにいった。それから、笑って弟を草むらに押したおし、くすぐりはじめた。

# 16 ドイツ兵

夏がすぎて秋になった。ぼくたちは谷間の農場を手伝っていた。ぼくたちには食べるものがあったし、川で遊んだりもした。ぼくたちは幸福だった。それがどんなふうだったか、話すことができてもいいはずだ。なのに、ぼくにはできない。幸福な夢からさめて、悪夢が飢《う》えのように自分につきまとっていると、幸福だったという記《き》憶《おく》を失ってしまうからだ。ぼくたちは川の石を集め、水遊びをするために、腰《こし》の深さほどのよどみをつくった。ぼくたちは花をつみ、かえるをつかまえ、石を投げて遊んだ。一日一日が、水車小屋の下を流れる水のように過

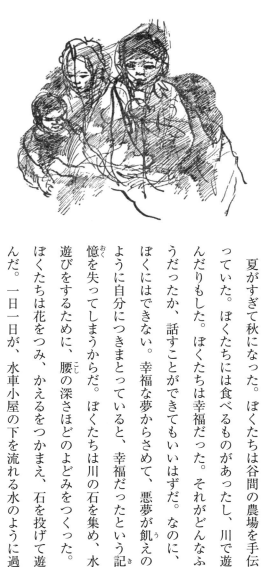

ぎていった。その夏の思い出のおかげで、つづいてやってきた冬に、たえることができたのだと思う。

谷では、ぼくたちは戦争のうわさを聞くだけだった。ぼくたちは、粉屋やお百姓《ひゃくしょう》から、どうなっているのか聞いていた。ぼくにとって戦争は、嵐《あらし》や地震《じしん》のように、どこかでおこっているもののように思えた。でも、ぼくは、戦争は神様の意志によるものだというお百姓の意見には賛成できなかった。ぼくは、戦争のことを長い間考え、アンナに考えたことを説明したが、アンナにはぼくのいうことがわからなかった。アンナは戦争をおそれていた。アンナにとって、戦争はにくむべきものであり、罪悪であった。だから、戦争のことを口にしようとしなかった。

ドイツ兵がやってきたのは、イタリアが降服《こうふく》した日だった。粉屋が休戦のニュースをもってきた。粉屋もお百姓もよろこんでいた。二人はお酒を飲んで平和に乾杯《かんぱい》した。ぼくたちはみんなで、アメリカ人のことを話しあった。ぼくたちイタリア人にとって、アメリカは外国ではなかった。ものすごく大きな海の向こうにあるけれど、そこへは、おじさんや、兄弟や、子どもがいって住んでいるのだ。ゆたかな国であり、ある意味ではぼくたちの国でもあった。ぼくたちは、アメリカのことを、フランスやドイツほどちがいのない、ずっと身近な国のように話していたのである。

「平和に乾杯！」粉屋がコップをさしあげた。

ぼくたちは、ぶどうの木の下にすわっていた。頭の上では、ぶどうがつみごろに大きく熟《じゅく》していた。

「平和に乾杯！」お百姓がこたえた。しかし、口にコップをもっていくと同時に、表情をくもらせた――なにかに耳をすませている。

すぐに、ぼくたちはみんな、モーターのやかましい音が、だんだん近づいてくるのを耳にした。その音は、セッサへいく道のほうから聞こえてきた。でも、その道はあまりひどいので、これまで自動車が入りこんできたことはなかった。粉屋とお百姓はテーブルから立ちあがり、ぼくたちはみんなで、よく見えるようにと、お百姓の家の裏《うら》の小さな丘《おか》にかけのぼった。

二つのゴム車輪のついた大砲《たいほう》を後ろにひいた大きなトラックが、橋の手前にとまった。

「戦争は終わったのにな」と、粉屋がいった。一方《ぽう》、ぼくたちは、兵隊がトラックの荷台からとびおりるのを見つめていた。

「あいつらはドイツ兵だ」と、お百姓はいい、将校《しょうこう》を指さした。その将校は、ヘッドライトに片手《かたて》をかけてトラックの正面に立ち、橋をながめていた。

大砲は高射砲《こうしゃほう》だった。ドイツ兵は、橋の上手のぶどう畑のなかに場所をあけ、そこに陣《じん》どった。みんなで八人で、将校が一人、軍曹《ぐんそう》が一人、兵隊が六人だった。彼《かれ》らは農場へやってきて、水をもとめ、野菜を買った。そして、橋の下の川の小さなよどみで体を洗《あら》った。彼らは礼儀《れいぎ》正しかった。とくにその将校はそうで、じょうずにイタリア語を話した。将校はとても若《わか》く、ぼくたちと仲《なか》よくしようと、あらゆる努力をはらっていた。マリオの相手になってくれるので、マリオは将校の姿《すがた》を見ると、かならずかけよっていった。最初、アンナとぼくは、ドイツ兵に近づかなかった。でも、ぼくたちは、毎日彼らの姿を見ていたから、めったに口をきかなかったけれど、おたがいに知り合いだという感情をいだくようになっていた。ぼくたちが友だちになったのは、一枚《まい》のコインがきっかけだった。

ぼくは、橋の下で、指の間から小石や砂《すな》をふるい落としながら、ぼんやりとすわっていた。そのとき、小さな緑色の石に気がついた。その石をつまみあげてさらに念入りにしらべると、石ではなくて、緑青《ろくしょう》でまっ青になった金属だとわかった。その金属をこすっていると、まわりを字で囲《かこ》まれた模様《もよう》がきざまれているのが見えてきたが、その字は読めなかった。

その金属をお百姓に見せようと農場へいく途中《とちゅう》で、ぼくは若いドイツ人将校に会った。ぼくは、お百姓のかわりにその将校に、見つけたものについて話した。たぶん、前の日に、彼がマリオに砂糖《さとう》をくれたからそんなことをしたのだと思う。

「これはコインだ」若い将校は目を細めた。それから、おどろいた口調でいいたした。「ローマのコインだ！」

「ローマのコイン？」ぼくはあっけにとられて、おうむがえしにいった。ローマの人は、ナポリの人と同じようなコインを使っているのではないのか？　この緑青で青くなった小さな金属がコインだと、どうして将校にわかったのか？

「古代のものだ」と、将校はいった。

「ポンペイ時代のものだね」ぼくはそういいながら、自分がなにを考えていたか、将校に話さないでよかったと思った。

ドイツ人は笑《わら》いながら、手のひらのうえで、そのコインをなん度もなん度もひっくりかえしていた。そのコインをくわしく調べていくにつれて、将校の顔がかわっていくように見えた。おだやかな夢《ゆめ》みるような顔になった。

《魔法《まほう》のコインなんだ》と、ぼくは思った。

「これは、ウェスパシアヌスの時代のものだ」ドイツ人将校は、そのコインをきれいにして文字が読めるようにすると、水車小屋までもってきた。もうそれは、銅の色になっており、緑青のあとはほんの少し残っているだけだった。「一晩《ばん》、酢《す》につけておいたんだ」と、将校はいった。

将校が興奮《こうふん》した声《こえ》でそういったので、ぼくはまたおどろいた。どうしてこんなコインが、大砲と八人の兵隊をかかえるこの将校に、そんなに大切なんだろうか？「ウェスパシアヌスってだれなの？」と、ぼくはきいた。

「古代ローマの皇帝《こうてい》で、統治は……」ドイツ人は、年代を思いだそうとして、額にしわをよせた。「紀元六十年ぐらいだ」将校は目をそらして、顔をしかめた。「昔はすべての皇帝の年代を知っていたんだがな」

ぼくはそのコインを、手ばなしたくなかった。幸運をもたらすかもしれないと考えたからだ。でも、ドイツ人将校がほしがっているのがわかっていたから、彼《かれ》にやったほうがかしこいと思った。「もっていっていいよ」と、ぼくはいった。

ドイツ人将校は笑ったが、ぼくがちらっと見あげると、まじめな顔にもどっていった。「いいや、これはおまえのものだ」

将校はそのコインをぼくにさしだした。ぼくは首を横にふって、《もしぼくがやるといわなかったら、コインをかえそうなんて思わなかったろうな》と、心のなかでいった。もしかすると、そうじゃないかもしれない。たぶん、将校が笑ったのは、自分はドイツ人将校だからかえす必要なんてないというだけのことだったのかもしれない。粉屋は、ほかのドイツ兵がセッサの彼の家へ押《お》しかけてきて、小麦粉をよこせといった話をしていたし、ドイツ兵に油やぶどう酒をとられた農家があるといううわさも広まっていた。

ドイツ人将校は、ぼくにもっとそばにこいといい、太陽の光にコインをかざした。「これは皇帝のしるしだ」

ぼくはその模様が鍵みたいだと思ったので、そういった。

「そうじゃない」と、将校はいった。「これは王様のもっている笏《しゃく》ににた杖《つえ》だ」将校は指で、手のひらのコインの表を押さえた。

「その人は立派《りっぱ》な皇帝だったの？」と、ぼくはきいた。ドイツ人は、胸《むね》ポケットにコインを注意深くしまいこんだ。

将校は、古い橋をじっと見つめながら、ぼくに答えた。「ほかの皇帝ほど偉大《いだい》ではなかったな。でも、たくましい人間だった」

「たくましい人間て？」その言葉は、いう人によって意味がちがうということが初めてわかった。

「ムッソリーニ（イタリアの政治家。ヒトラーとならぶファシズム的独裁者《どくさいしゃ》）みたいに？」

将校はけいべつしたように笑った。「ムッソリーニなんてローマ皇帝の足もとにもおよばないさ。イタリア人が古代ローマ人とはちがうのと同じことさ」

急に将校の顔がみにくく見えた。「いいさ！」と、ぼくはいった。「そのほうがいいんだ！」そのとき、ぼくは、イタリア人が古代ローマ人とはちがっているのが、あたりまえのように思えた。「おまえはムッソリーニを尊敬《そんけい》しているのか？」と、ドイツ人がきいた。彼の顔はまたやわらぎ、若々《わかわか》しく見えた。

ぼくはためらった。今まで、そんなことを考えてもみなかった。お父さんはファシスト（ムッソリーニ率いるファシスト党の党《とう》員《いん》）だった。ぼくはそのことを知っていた。お父さんが、イタリアのため、ムッソリーニのために、アフリカで戦死したのも知っていたように。ぼくは黒シャツ（ファシスト党の制服）を着た少年たちをメッシナで見たことがあるし、その仲間《なかま》に入りたいと思ったこともある。でも、それはずっと昔のことで、ぼくがほんの子どものころだった。今、ぼくは乞《こ》食《じき》だった。家なしっ子で、浮浪児《ふろうじ》だ——マリア様の浮浪児だ、ナポリでドイツ人がいったように、小さな魚だった。ぼくは、ポスターや新聞で見たことのある、ファシスト党首《とうしゅ》の顔を思いだしながら、首を横にふった。

「イタリアの偉大さも、古代ローマとともにほろんだのさ」と、ドイツ人がいった。

「偉大さだって」ぼくは、ドイツ人のいった言葉をくりかえした。そして、ドイツ人とちがった発音をしているのに気がついた。

「おまえはまだ小さいから、わかるまい」と、ドイツ人はほほえみをうかべ、谷を見わたした。《なにを見ているんだ?》と、ぼくは思った。《言葉と同じで、景色だって、同じように見わたしても、それぞれの人間にちがったものが見えているんじゃないだろうか》

ドイツ人は部下や大砲のところにもどり、ぼくは川のふちまで歩いていった。マリオがそこで遊んでいた。マリオは小石を集め、それをならべて模様をつくっていた。ぼくに気づくと、顔を上げてほほえんだ。ぼくは、なにをつくっているのか、ときいた。マリオは自分の作品を指さしていった。「教会だよ」ぼくには、ただ小石がならんでいるとしか見えなかったが、わかったようなずいた。でも、そんなことは、マリオにとってどうでもいいことだった。ぼくの返事など待たずに、自分の遊びに、自分の考えに、自分の世界にもどっていった。《ぼくたちは、みんな目が見えないんだ》と、ぼくは思った。《その上、みんな耳も聞こえないんだ。だから、戦争なんかがおこるんだ》

ぼくは、川をさかのぼって、ぼくたちがつくったよどみまで歩いていった。ぼくは水面を見つめながらすわっていた。どうしてドイツ人将校にとって、あのコインがあんなに大切なのか?ずっと昔に死んでしまった皇帝の名前が、どうしてドイツ人には魔法の力をもっているのか?ぼくはウェスパシアヌスというその皇帝の名前をわすれないようにしようと思った。聖《せい》ウェスパシアヌスという聖人《せいじん》はいたんだろうか?　そうでなくても、この名前には魔法の力があって、聖クリストフォロス（キリスト教の殉教者《じゅんきょうしゃ》で、旅人の保護者とみなされている）のメダルのおまもりのように、ぼくたちをまもってくれるのかもしれない。

そのとき、ぼくは、そのコインが金や銀でつくられたものでないことを思いだした。一枚の銅のコインが自分をまもってくれると信じてるなんてばかげたことだと、ぼくはドイツ人将校を笑った。風が谷に吹《ふ》きおろし、林の木の葉がざわざわとなった。風はひえびえとしていた。すぐに秋になるだろう。でも、ぼくたちには家があるから、そんなことは気にならなかった。冬をこわがることなんてなかった。

# 17　飛行士の死

枯《か》れ葉《は》は風の吹《ふ》くままに、嵐《あらし》のあいだは休むところもなくさまよいつづける。川に落ちた小枝《こえだ》は流されるままにはこばれていく。貧乏人《びんぼうにん》というのは、嵐のときの木の葉や川に落ちた小枝のようなものである。自分ではどうにもならない力に、ときに理解さえもできない力にもてあそばれる。

サレルノが連合軍の手におちたというわさが立っていたが、ナポリはいい

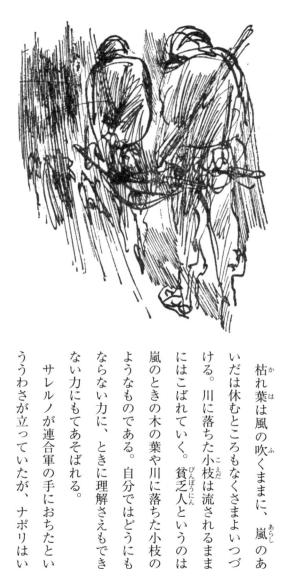

ぜんとしてドイツ軍の手中にあった。その朝は、ふだんの秋の朝とかわらなかった。空は晴れわたり、空気は少しひんやりし、冬の気配がただよっていた。アメリカやイギリスの飛行機が、谷の上空をなん度もとんでいた。ふだんはもっと高いところをとぶので、ドイツ兵は飛行機をうとうとはしなかった。二、三度うったが、一発も命中しなかった。その日は、四機の飛行機がぼくたちの頭上をいつもよりずっと低くとび、ドイツ兵が射撃《しゃげき》をはじめた。

ぼくたちはみんなで農場からそれを見ていた。「イギリスの飛行機だ」と、お百姓《ひゃくしょう》がいった。ドイツ軍の高射砲弾《こうしゃほうだん》が空中で炸裂《さくれつ》すると、まん中が黒い、白い小さな雲のようなものがあらわれる。おどろいたことにその一発が飛行機に命中し、二つあるエンジンの一つから黒い煙《けむり》がふきだした。ほかの飛行機はまだとんでいたが、弾《たま》を受けた飛行機はぐるぐる回りながら落下しだした。

翼《つばさ》から火がふきだした。ドイツ兵がまたうった。しかし、こんどは命中しなかったようだ。その飛行機がぼくたちの頭上を通過するとき、男が一人なかからとびだした。とたんにものすごい爆発《ばくはつ》がおこり、飛行機はこなごなにとびちって、地上に落ちてきた。

「こっちへくるぞ!」お百姓がさけんだ。パラシュートが風にのり、飛行士《ひこうし》がぼくたちのほうへだんだん下りてきた。

復活祭の荘厳《そうごん》ミサを受けているときのような感じだった。神父を見つめながら聖歌《せいか》を聞いている。その場にいるのだが、ふしぎなことに、自分がそこにいないような気持ちになる。目の前に展開するすばらしい光景にうたれ、手足がいうことを聞かなくなる。

パラシュートの飛行士は、夏に植物の種が風にとばされるように、谷のほうへ吹きよせられてきた。なにが自分の身におころうとしているのか、その飛行士にはわかっていたのだと思う。ふいに、はげしく腕《うで》をふりまわした。そのとき、機関銃《きかんじゅう》の音がした。

ぼくたちはあっと思って、まずドイツ兵のほうを見た。彼《かれ》らは二丁の機関銃《きかんじゅう》をもっており、それは高射砲《こうしゃほう》の両側にすえてあった。うったのはそのうちの一丁だった。若《わか》い将校《しょうこう》は、高射砲の後ろに立っていた。彼が命令したにちがいない。

パラシュートの飛行士に目をもどすと、もう手をふっていなかった。すでに死んでいたのだと思う。ドイツ兵は、飛行士が谷底へ見えなくなるまで、機関銃をうっていた。彼らがうつのをやめると、沈黙《ちんもく》が立ちこめ、犬が近くの農場でほえるのが聞こえた。

「どうしてうち殺したの？」ぼくはどもりながらいった。

お百姓は、ぼくのいったことなど聞いていなかった。畑を横ぎり、ぶどう畑をぬけ、谷底へとかけ下りていった。ぼくもそのあとからかけだしたが、畑のはしまでいって立ちどまった。マリオが追いかけてきたからだ。

「帰れ！」と、ぼくはどなったが、マリオは、ぼくからほんの二、三歩のところまで近づいてきた。ぼくはきびすをかえして、マリオの顔を見た。マリオの小さい顔が、なにかをぼくにうったえかけていた。ぼくは、しかりつけようと思っていたのをやめて、こっちへおいで、と手まねきをした。マリオはぼくにしがみついてきた。ぼくは頭をなでてやった。

パラシュートの白い布が、谷の底に見えた。お百姓はゆっくりと丘をのぼってきた。一日のはげしい仕事を終えたときのようだった。お百姓はぼくとマリオを見ると、まだ声《こえ》がとどかないうちに首をふって、見てきたことをつげた。

「死んでいたよ」お百姓はドイツ兵のほうを見あげた。数人の兵隊が谷を下り、死んだ飛行士のところへ歩いていった。「ヨセフ様、ヨセフ様！」お百姓は十字をきった。それから、自分の見たものが信じられないというように、ゆっくりと首を左右にふった。「ごく若《わか》い青年だった！」お百姓はマリオの顔をなでると、農場にひきかえしていった。マリオとぼくはあとにつづいた。

家では、お百姓のおかみさんと二人の娘《むすめ》とアンナがぼくたちを待っていた。女たちの質問に、お百姓はただ首をふっただけだった。そのあと、台所へ姿《すがた》を消した。しばらくして、ぶどう酒びんとコップをもって出てきた。お百姓は、ぼくたちがいつも食事をするときに使う、家の外のテーブルの前に腰《こし》を下ろし、コップにぶどう酒をなみなみとつぐと、息もつがずに飲みほした。

「なんて世の中なんだ」お百姓は、とくにだれにいうともなく、そういった。

「わたしたちの息子も、あんなふうに殺されちまったのかね？」おかみさんがさけんだ。

「おれが知るわけがねえ！」お百姓はどなりかえした。「おれはその場にいたわけじゃねえ。ギリシアへなんかいったこともねえんだ！」目には涙《なみだ》がうかんでいた。お百姓も、おかみさんと同じことを考えていたのだろう。

「ああ……なんだって息子たちはつれていかれたんだろう？」おかみさんは、たった今、息子の戦死のニュースを聞いたかのようにさけんだ。息子の戦死の電報を受けとったのは、もう二年以上もまえだったのに。同じような電報をぼくのお母さんも受けとった。でも、たぶんおかみさんは今、イギリス人の飛行士がうち殺されるのを見るまで、息子の死を信じていなかったのだ。

「もうあいつらにはトマトを……ぶどうも売ってやらないわ」末《すえ》の娘がさけんだ。目が怒《いか》りにもえていた。娘は十八だったが、このときおとなになったのだ。

父親は肩《かた》をすくめた。「ほしがるものは売ってやるさ」お百姓はぼそぼそといい、コップにぶどう酒をみたした。「あいつらは戦争に負けるさ。すぐに、あいつらも死ぬだろう……。死ぬんだ……。生きていくってことが、どんなことかわからないうちに死ぬんだ」

午後おそくなって、粉屋がやってきた。粉屋はここ数日、水車小屋に姿をあらわしていなかった。小麦の収穫《しゅうかく》がずっとまえに終わり、もう製粉する小麦がなかったからだ。「わしは聞いたよ」と、粉屋は、ぼくたちがだれもしゃべらないうちにいった。興奮《こうふん》して目をかがやかせていた。ぼくは、粉屋とお百姓の様子がちがうのに気がつかないわけにはいかなかった。お百姓の目は、今日の事件を知って悲しそうだった。

「わしたちであの飛行士をうめてやろう。今までセッサでおこなわれたどんな葬式《そうしき》よりも、立派《りっぱ》な葬式を出してやろうじゃないか」と、粉屋は大声《おおごえ》でいった。

お百姓のおかみさんは賛成し、ほほえみをうかべたが、お百姓は粉屋を見つめながらいった。

「おまえさんは、自分でそう考えたのか？」粉屋は返事をしなかった。「おまえさんの考えなのか、そのけっこうな思いつきは？」

粉屋は気をそがれてしまったようだ。よい知らせだと信じてもってきたのに、それがよい知らせでないとわかって気をそがれた人のようだった。

「あそこの若《わか》い兵隊たちはおびえている。イギリス人は、そっとうめることにしよう。でないとなにがおこるかわからないぞ。やつらはおびえきっているのだ！　葬式に鉄砲《てっぽう》をうちこまれたら、もっとたくさんの葬式を出すことになるぞ」お百姓はドイツ人の高射砲をながめていた。兵隊たちは、今朝のことがあってから高射砲に小枝をもっとかぶせていたが、それでもまだその形は、はっきりと見えていた。

イギリス人の飛行士はセッサ・アウルンカにうめられた。たくさんの人々が墓地までついていったが、葬式はひそやかにおこなわれた。町には避難民《ひなんみん》があふれ、ドイツ兵の一隊が町のすぐ郊《こう》外《がい》に陣地《じんち》をしいていた。避難民は南からやってきた。ドイツ兵が北に後退するにつれ、避難民はさらに北に押《お》しやられたので、故郷《こきょう》の村や農場からどんどんはなれるばかりだった。なん人かが谷を通りぬけていった。背中《せなか》に荷物をせおった、貧乏《びんぼう》な家族ばかりだった。ぼくは、嵐がすぎ去ったあと海岸がどんなふうになるかを思いだした。船の残骸《ざんがい》とごみでうまってしまう。戦争とはそんな嵐のようなもので、ぼくたちは残骸だった。

ぼくたちはドイツ兵をさけていた。ドイツ兵を見かけると、とつぜんしなければならない仕事を思いついたように、畑のなかへ逃《に》げこんだ。ドイツ兵に会うといけないから、ぼくたちはだれも、水遊びをしによどみへはいかなかった。でも、そのうちに会うだろうとは思っていた。兵隊たちはイタリア語をほとんどしゃべれないから、さけるのはかんたんだった。話しかけられたら、わからなかったふりをしていればいいのだ。でも、あの将校はそうはいかなかった。ぼくたちがとうとう顔を合わせたのは、彼のほうでぼくたちをさがしにやってきたときだった。

ある朝、ぼくたちがおきたばかりで、まだねぼけまなこでいるときだ。ぼくが川へ顔を洗《あら》いにいこうとすると、将校が橋のそばに立って水車小屋をながめていた。ぼくが足を速めると、将校がぼくの名前を呼《よ》んだ。いく晩《ばん》もねていないような疲《つか》れた顔をしていた。ぼくは、彼がひげをそっていないのに気がついた。

「おまえたちは、ここから出ていけ」将校は、ぼくが近くにいくとそういった。ぼくはぽかんとしてしまった。なにをいわれたのかわからなかったのだ。「この水車小屋はわれわれが使うことにする。おまえたちのようなちびのこそ泥《どろ》に、うろついてもらいたくないのだ」将校は話しながら、目をそらした。ぼくたちが彼らからなに一つとったことがないのを知っていたからだ。

「こそ泥……ぼくたちはこそ泥なんかじゃない！」ぼくは怒《おこ》っていった。

《それに、人殺しでもないんだ》と、いいたいのをがまんして地面を見つめていた。

「昼までに、自分のものをもって水

車小屋から出ていくんだ」

「粉屋さんに話したのか？」と、ぼくはいい、目を合わせた。

長いこと、ぼくたちはにらみあっていた。将校はしまいに顔をふせた。「おまえには、戦争というものがわからないのだ」

ぼくはなにもいわなかった。ぼくになにがいえるだろう？　だれが戦争というものをわかっているのだろう。兵隊か？　浮浪児《ふろうじ》か？　ムッソリーニか？　それとも、イギリスやアメリカのえらい人たちか？　いいや、だれも戦争がどういうものかわかっていないのだ。わかっている、と思いこんでいるだけだ。たぶん、人間の血をすいこんだ大地だけがわかっていて、こういうだろう。《人間というのは、なんとばかなのだ。わしの上に住んでいる動物のなかで、いちばん利口で、いちばんばかなのが人間だ》

「昼までにだぞ」将校は命令をくりかえした。

ぼくはわかったとうなずいた。ぼくは将校のいっていることがわかった。自分で水車小屋を使いたいわけではないのだ。ただ、ぼくたちを追いだしたいだけなのだ。将校は、パラシュートの飛行士をうてと命令したとき、罪悪をおかした、と自分でもわかっていた。そして、ぼくたちはその目撃者《もくげきしゃ》だった。

アンナとマリオが水車小屋から出てきた。マリオは将校を見ると、ほほえみをうかべ、ほっとした表情になった。マリオにはどうしてドイツ人と話してはいけないのかわからなかった。ただアンナやぼくにおどかされて、ぼくたちのいうことを聞いていただけなのだ。マリオはドイツ人将校のところへかけよると、砂糖《さとう》をねだった。

将校がマリオをどなりつけた。「あっちへいけ。こそ泥め！」

マリオはおびえるといつもするように、べそをかいた。ドイツ人将校を友だちだと思いこんでいたからだ。ドイツ人は怒りのこもった目つきでアンナとぼくをちらっとながめ、それから、マリオのほほをはげしくなぐった。マリオは地面にころがった。

「人殺し！　人殺し！　人殺し！」アンナがくるったようにさけび、弟にかけよってだきあげた。「ここから出ていけ！」将校はどなると、ふるえる手でセッサとその向こうに広がる土地をさししめした。

一瞬《しゅん》、ぼくたちは殺される、イギリス人の飛行士のように射殺《しゃさつ》されてしまうと思ったが、将校はきびすをかえすと歩き去った。

ぼくたちは少しばかりの荷物をまとめると農場へ出かけて、なにがあったかを話した。お百姓はとても怒って、そういうことなら自分の家にいてよいといった。そんなふうにいわれてぼくはうれしかったが、そうできないのはわかっていた。お百姓にもわかっていたのだ。ぼくたちが残っていたら、自分や家族に災難《さいなん》がふりかかることが。ぼくがことわるとそれ以上すすめなかった。ドイツ兵は飢《う》えたすずめばちみたいなものだった。飢えたすずめばちがだれかれの見さかいなくおそいかかってさすように──おたがいにさしあいさえする──ドイツ兵は家族を皆殺《みなごろ》しにしたり、村を破壊《はかい》したりするぐらいなんとも思わないだろう。

「あいつらはくるっている」と、お百姓はいい、十字をきった。

お百姓のおかみさんは、ぼくたちにごちそうをつくってくれた。ぼくたちがおなかがいっぱいになっても、もっと食べろとなん度もすすめてくれた。おかみさんは、もっていくようにとパンとチーズをくれ、お百姓は十リラをくれた。そのお金はぼくたちの手伝い賃《ちん》だといった。ぼくは礼をいった。彼にしてはじつに気前のいいことだった。食べ物にはものおしみしなかったが、お金を出すのは好きではなかったからだ。

出発するぼくたちを、家族みんなで、手をふって見おくってくれた。

もうドイツ人に会うとは思っていなかったが、農場からの道がセッサへの道とまじわっている場所までくると、あのドイツ人将校がぼくたちを待っていた。マリオは、さっとぼくの手をにぎって、後ろにかくれた。アンナは将校が見えないふりをして、そっぽを向いていた。ぼくはおび

えながら、将校のベルトにささったピストルを見つめていた。

「さあ、これはおまえのだ」将校はきびしい声《こえ》でいった。

ぼくは、将校がさしだした小さな銅のコインを見あげた。「あんたにやったんだ」と、ぼくはいった。

「こんなものほしくない！　ほしくないのだ！」将校はくりかえした。その声《こえ》はわれ、腹を立てている子どもみたいな言い方だった。

ぼくはコインを受けとると、シャツのポケットにつっこんだ。ぼくは粉屋のシャツを着ていた。お百姓のおかみさんがぼくの体に合うように、ぬいなおしてくれたものだ。

ドイツ人将校は、ぼくの後ろからのぞいていたマリオを見おろした。マリオはぼくの服に顔をうずめるとしくしく泣《な》きだした。一瞬、将校も泣きそうになっているとぼくは思った。

将校がいってしまうとアンナがきいた。「あいつはなにをくれたの？」

「コインだ。古代ローマのコインだよ」

「そんなものすてちゃってよ！」アンナはそうさけぶと、ふりかえってドイツ人将校の背中をにらんだ。将校は橋に向かって歩いていた。

「ぼくはとっておくんだ。これはあいつに幸運をもたらさなかったけど、それはこれが古代ローマのコインで、あいつがローマ人じゃないからだ」ぼくは心のなかで自分にいった。《でも、おまえもそうじゃないぞ、グイド》そのすぐあとで、ぼくは自分にいい聞かせた。《あいつよりはましだ！　ぼくはあいつよりずっと、古代のローマ人に近いんだ》

とつぜんぼくは気がかるくなった。「さあ、いこう」

「どこへいくの？」と、アンナがきいた。ぼくたちはマリオの手を片方《かたほう》ずつとった。

「カッシノへだ！」ぼくは答えながら、こんどこそはまちがいなく着けるぞと感じていた。

# 18 カッシノへ

ぼくたちは、セッサ・アウルンカからカステルフォルテへの道をとり、ガリリアーノ川をわたった。最初の夜はその堤防《ていぼう》で避難民《ひなんみん》にまじってねた。ぼくたちはこごえてしまった。十月だったが、夜はいつもの年よりずっと寒かった。この冬はひどく寒くなりそうだった。これが不幸の歯車というもので、いつまでもまわっているものだとは信じられないにしても、実際にはまわっているのだ。昨日の苦しみは、今日の不幸とくらべたら大したことはないものとして記憶にとどめられる。

「おちびさんはねてるの？」と、アンナがささやいた。マリオはぼくたちの間にはさまってねていた。

「ねてるよ」と、ぼくは答えた。

アンナは手を頭の下でくんで、あおむけにねていた。彼女《かのじょ》は、星であふれた夜空を見あげていた。「雨がふったらどうするの、グイド？」

ぼくには、アンナが今夜のことではなく、これからの夜と昼のことを考えているのだとわかった。

「たぶん洞窟《どうくつ》でも見つかるよ。山にはたくさんあるんだ」それからぼくはいいたした。「修道院でとめてくれるかもしれないし」

アンナはほほえんだ。修道院という考えが気に入ったのだ。

「水車小屋にいることができたならな」と、ぼくはぶすっといった。

アンナはもう目をとじていた。マリオはひざをだきかかえるようにし、顔をぼくのほうに向けていた。ぼくはマリオの上にかがみこんで、髪《かみ》の毛《け》をなでてやった。そのうち、ぼくもねてしまった。

「そのパンをおれにくれー」と、その男がいった。

ぼくはアンナとマリオにパンをわけてやっていた。もうパンは半分しか残っていなかった。ぼくは首を横にふった。

「おれにくれ！」

ぼくは地面に左手をついてすわっていた。ぼくはその手を地面の上にはわせて、石をつかんだ。その間ずっと、男の顔を見つめていた。《この男は長い間なにも食べていないんだな》と、思った。《でも、パンをやってしまえば、ぼくたちが飢《う》えてしまう》その男は乞食《こじき》のようには見えなかった。「このちびが……この子もパンをほしがっているんだよ」と、ぼくはことわった。

男は顔をしかめ、目をそらした。《やっぱりこの男は乞食じゃないな》と、ぼくは思った。

「おれにくれ。一きれでいいんだ」さっきまでのいばった調子とはちがって、今は悲しげにすすり泣《な》くような調子になっていた。ぼくはパンを一きれ切って投げてやった。男はその半分を口につめこむと――ぼくたちのパンを全部とりあげなかったのを後悔《こうかい》していたからだと思うが――なにかぶつぶついい、立ち去るまえに怒《いか》りのこもった目でぼくをにらみつけた。

ぼくは手から石をすてると、アンナを見た。アンナが男におびえてしまったのではないかと心配したが、アンナはこわがりもせず、男が立ち去るのを見ていた。そのとき、男が道を歩いていくのを見ているアンナの目に、けいべつの色がうかんでいるのに、ぼくは気がついた。ぼくは、その男があわれになった。おとなが子どもからパンをもらわなければならないなんて、つらいことにちがいないからだ。

ぼくは残ったパンをシャツにしまいこんだ。これからはずっとパンをかくしておかなければならないだろう。

「さあ、いこう」と、ぼくはいってマリオをひっぱりあげた。アンナは立ちあがると、ぼくのほうを見てほほえんだ。アンナは弟の手をとるかと思ったが、そのかわりにぼくの手をにぎった。

まもなくぼくたちは川をわたった。カステルフォルテへいく道は左にわかれていた。ぼくたちは右の道をとり、川にそってすすんだ。もう山のなかへ入りこんでいた。夕方《ゆうがた》になるころには、道は川とはなれ、サンタンドゥレアという村のほうへ上りになっていた。ぼくはお百姓《ひゃくしょう》にものをこい、くりを一つかみもらったが、なまのまま食べなければならなかった。ぼくたちにはくりをやく火がおこせなかった。その晩《ばん》、また外にねた。

道にはほかにも避難民がいた。その多くは、貧乏《びんぼう》になれていない人々だった。なにも知らない人には、ぼくたちはみんな同じように見えるかもしれない。きたなくて、ぼろをまとった人間の群れに。道でぼくたちを追いこしていくドイツ兵には、そんなちがいなど見わけることができはしない。でも、アンナとぼくにはそれができた。女の歩き方《かた》や男が不安げにちらっと視線《しせん》を山に走らせるのを見て、それがわかった。とはいえドイツ兵たちもかわってしまっていた。以前なら彼《かれ》らもそうしたちがいに気がついたかもしれない。彼らの顔には、今はけいべつだけでなくにくしみがうかんでいた。負けたのはぼくたちイタリア人のせいだとでもいうようだった。イタリアが降服《こうふく》するまでは、ドイツ人はぼくたちイタリア人の友情なんていらないんだというようにふるまっていた。それでも、以前はいつもぼくたちイタリア人の法律《ほうりつ》にしたがっていた。今では、トラックに乗った兵隊たちの一隊が、田舎《いなか》の家々をあさりまわっていた。彼らは農家の家畜《かちく》や、来春まくためにとっておいたわずかな種までうばった。なにに対しても金をはらうことはめったになかったし、ときには、牛や馬をとられまいと抵抗《ていこう》したお百姓を射殺《しゃさつ》した。殺した動物を背中《せなか》にかついで歩いていることもあった。ドイツ兵たちは、ぼくたちに目もくれず、まるでぼくたちが存在していないかのように追いこしていった。

その日の午後、ぼくたちはドイツ兵の一隊が道ばたで休んでいる前を通りこした。彼らは食事をし、ぶどう酒を飲んでいた。彼らは笑《わら》っていた。だから、ぼくは兵隊のところへいき、手をさしだした。パンがほしいことをしめすために、パンを口に入れようとしている兵隊を指さした。するど、彼らは笑うのをやめた。ぼくのすぐそばに立っていた兵隊が、あっちへいけというよう

に道路のほうへ腕《うで》をふった。ぼくはわからないようなふりをしていた。すると、別の兵隊が銃《じゅう》を上げ、ぼくたちにねらいをつけた。

《うつつもりなのかな》と、ぼくは思ったが、こわくはなかった。だれもそんなばかげたことするはずがないからだ。

別の兵隊になにかいわれると、その男は銃を下ろした。アンナとマリオとぼくは背《せ》を向けて歩きだした。今口を出した兵隊が、ぼくたちに声《こえ》をかけた。なにをいわれたのかわからなかったけれど立ちどまった。その男はぼくたちのところへかけてくると、石を一つくれた。ほかの兵隊たちが笑うと、石をもってきた男も笑いかえした。こいつはいつも仲間《なかま》を笑わせているおふざけ屋なんだろうと、ぼくは思った。その石を投げつけてやりたかったが、そうはしなかった。ていねいに道ばたに石をおくと、「ダンケ・シェーン（ありがとう）」といってやった。そして、ふりかえらずに歩きつづけた。ぼくはドイツ語を二つしか知らなかった。「どうぞ」と「ありがとう」だ。兵隊たちはもう笑っていなかった。

しばらくして、後ろから声をかけられた。「よくやった、ぼうず。えらいぞ！」

ぼくがふりかえって顔を合わせた相手は、今まで会ったなかでいちばんおかしなかっこうをした男だった。男は背が低くてやせっぽちだった。でも、服は太った人用のものだったにちがいない。男は服を——上着とズボンの両方《りょうほう》を——一本のなわでくくっていた。頭には鳥の羽をさした帽子《ぼうし》をかぶり、あごひげをはやしていた。しかし、そのなかでとりわけぼくの注意をひいたのはくつだった。ぜんぜんくつのかっこうをしてないので、男の足がゆがんでいるように見えた。

男は笑いながら、ぼくによく見えるようにと片足《かたあし》を上げた。「これこそ正真正銘《しょうしんしょうめい》のイタリアのくつだ。最新流行のやつでな。このくつは若《わか》かりしころカバンと呼《よ》ばれ、なかに本を入れてはこんでいた。アリストテレスが雨にぬれるのをふせいでいたのだ。だから、神聖《しんせい》なものといっていい。このくつはまちがいなく金の羊皮でできている。わたしの名は王子イアーソンだ」

その男は、とてもおかしなかっこうをしていたので、ぼくたちは笑ってしまった。「グイドというのがぼくの名で、こっちはアンナ。そして、この子はマリオというんだ」

イアーソンと名のったその男は、帽子をさっとぬぐとぼくたちの前で深々とおじぎをした。頭はほとんどはげていた。「わたしは、このように荒《あ》れはてた人生の戦場で、ほかの旅の人と会えたのをよろこんでおる。おまえたちはどこの国の者だ？　おまえたちの王国はなんという名なのだ？」

ぼくは、自分の王国があるという話を聞いて、にやりと笑った。「ぼくたちはナポリからやってきたんだ」

「両シチリア王国（シチリア、ナポリ両王国が一八一六年に統合されて、こう呼ばれた）だな」と、男はいい、顔をしかめた。「それにしても、陛下《へいか》はわたしら同様、苦しい立場に追いこまれておられるな」

ぼくは、頭をぴょこんぴょこん動かしてうなずいた。そして、ポケットからパンをとりだし、その三分の一をちぎって、男にさしだした。

男はおじぎをし、上着のポケットに手を入れて小さなチーズをとりだすと、それを四つにわけて一つずつつくれた。

ぼくがうやうやしく頭を下げると、アンナもひざをまげておじぎをし、ぼくたちのやりとりにくわわってきた。

「もうすぐお昼になる」と、男はいった。「休息して談話をするとしよう。庶民《しょみん》の言葉でいえば、『しばらくおしゃべりをしよう』というわけだ」

ぼくたちは近くの畑に入った。木の下にすわったが、その地面はかたかった。さがそうと思えばもっといい場所をさがせたろうが、イアーソンさんは、イタリアの地面は戦争からこのかた、かたくなってしまったのだといった。

「おじさんの名前は、ほんとうにイアーソンというの？」ぼくは、できるだけ長くチーズを残そうと、少しずつかじりながらきいた。「イタリア人の名前じゃないよ」

「名前とはなんだ？　おまえの両親の意見でつけられたのか？　それとも、願望をあらわしているのか？　今日イタリアには、ベニト（ムッソリーニの名前）という名のおびえて飢えている幼《おさな》い子どもがいく人おるかな？　わたしが自分の息子に、あの大詩人と同じダンテという名をつけたとしても、息子は読み書きを学ばないかもしれない。名前はたましいの入る家、城壁《じょうへき》に立てられた旗のようなものでなければならないのだ」男は言葉を切ると、チーズの残りを、口のなかへひょいと投げいれた。「わたしの名はルイージだ」男は不愉快《ふゆかい》そうに自分の名前をつげた。ぼくには、どうしてそんな言い方をするのかわからなかった。メッシナにもナポリにも、この名前をもった少年はたくさんいた。

「わたしは先生をしていた。いいや、今でも先生だ。学校がなくなっても、わたしの尊《とうと》い肩書《かたが》きはうばわれはしない。わたしは先生なのだ。職業のなかでもっとも尊いものだ。詩人にだけはおよばないがの」

アンナが笑いだした。ルイージさんが顔をしかめると、アンナは笑い声をとめたが、顔は笑っていた。

「この若いご婦人は学校へいったことがないようだな。もしいっておれば、学生の第一条件は先生を笑わないことだというのを、かならず学んでいたであろうからな。先生と顔を合わせている間はな」

「学校ならいったことがあるわ！」アンナが怒《おこ》っていった。「でも、あなたは先生じゃないわ。あなたは、わたしたちのように、道を歩いているただの人よ」

ルイージさんはため息をついた。今までたのしそうだった顔が悲しそうになった。「まもなく冬になり夜が寒くなる。そのときはどうしようかな？」

ぼくは肩《かた》をすくめた。ぼくには、火をたくことのできる洞窟をさがしだせる自信があった。

「わたしたちはこの冬にみんな死んでしまうだろう」と、ルイージさんがいった。「ああ、みんな死んでしまうだろうな」

二度目に彼が「死ぬ」という言葉をいったとき、ぼくはマリオのほうを見た。マリオがその言葉を、うなり声を立てる犬やくもと同じようにこわがっているのを知っていたからだ。「マリア様がまもってくれるよ」と、ぼくはいって、先生をちらっと見た。

「そんなことはないな」と先生はいい、長い話をはじめた。その話には頭もしっぽもなかったが、アンナとマリオはおかしがって笑っていた。あとになって、ルイージさんはいつもこんなふうなんだとわかった。ほがらかでいるかしずんでいるか、楽観的か悲観的か、そのどちらかなのだ。でも、どっちつかずということはなかった。ま昼かま夜中か、夏か冬かだった。午前と午後、秋と春は、ルイージさんにとって存在《そんざい》していなかった。

「ところで、おまえたちはどこへいこうとしているのだ？　おまえたちの行き先はどこなんだ？」

ぼくたちはもう一時間以上も休んでおり、パンやチーズはとっくに食べてしまっていた。

「カッシノへいくんだ」と、ぼくは答えた。この人がいっしょにいってくれればいいなと思った。ルイージさんが好きになっていたし、おとながいてまもってくれるほうがいいからだ。

「修道院か……そうだな、あそこでは、わたしらに食べ物をくれないわけにはいかないからな。きっとそうしてくれる」

ぼくは、そうだねといったが、本当にそうしてもらえるかどうか、まえからうたがいだしていた。道で出会う人々の半数がカッシノへいくといっていたからだ。

その夜、ぼくたちはサン・ジョルジョという村の近くのリーリ川のほとりでねた。なにも食べるものがなかった。ほんもののパンをもう一度口にできるのは、だいぶ先になりそうだった。アンナとマリオはすぐねてしまったが、ぼくはねられなかった。

ぼくは先生のとなりにすわっていた。先生もねむくないようだった。先生は自分のことや、どうして南のカラブリアで教えるために、北からやってきたかということを話してくれた。先生は、金持ちの家の出だといった。北のほうがずっと裕福《ゆうふく》なのにどうして南にくることにしたのか、ぼくはふしぎに思った。先生がボローニャでの生活の話をしているとき、この人はばかじゃないのかという思いが頭にひらめいた。一瞬《しゅん》、ぼくは先生をけいべつしたが、そのうちに、あのおじいさんのピエトロ神父のことを思いだし、たぶん神様もばかなんだと思った。世界中どこにも、神父のようなばかな人間がいて、みんなにばかにされて笑われているが、そういう人々は神様の子なのだ。ぼくはルイージさんをながめた。疲《つか》れた顔をしていた。いくつなのだろう?

「グイド、わたしはねるよ」

「明日はカッシノへ着けるよ」と、ぼくはいった。先生は上着をひきよせると、ため息をついた。山の一つの向こうにふしぎな光が見えた。ぼくはその光を見つめていた。すると、月がゆっくりのぼってきた。《みんなはばかな人間を笑うが、おそれてもいるし、にくんでもいるんだ》ふいにぼくは思った。《グイド、おまえもばかな人間なのだ……おまえもだ》

# 19 カッシノ

「なんて冬だ！」ルイージさんは足もとの地面をおおっている雪を見おろした。

「きっと神様が怒《おこ》っているんだよ」と、ぼくはいい、谷をながめた。ぼくたちは修道院の塀《へい》の外側に立っていた。ぼくたちの下のほうには、雪におおわれたカッシノの町と平野が広がっていた。一月の中ごろで、イタリアではここなん年もなかったほどの寒い冬だった。修道院は避難民《ひなんみん》であふれていた。ほとんど食糧《しょくりょう》がないのに、毎日、あとからあとから人々がやってきた。

ルイージさんは町の向こうの谷を指さした。軍隊が移動しているのが見えた。連合軍だった。一方《ぽう》、カッシノにはドイツ軍の大部隊が陣《じん》どっていた。「ここを出るのがいちばんいいようだな」と、先生はいった。「ここも、まもなく戦場になりそうだぞ」でも、ぼくたちはここから出ていけないのがわかっていた。マリオが病気だった。修道院のなかの、修道士たちのこしらえた病《びょう》棟《とう》の大きな部屋でねていた。毛布にくるまると、ほんとうに小さく見えた。目だけは大きく大きく光っており、もうがまんできないといっているようだった。熱が高かった。

「たぶん、ドイツ兵は降服《こうふく》するよ」と、ぼくはいった。

「しないな」と、先生は首をふった。「それだけはぜったいにしないさ。あれを見てみろ!」ルイージさんは、百メートルばかり下のドイツ兵の機関銃陣地《きかんじゅうじんち》を指さした。「あいつらはわたしたちのように飢《う》えている。わたしたちのようにしらみだらけだし、寒さにこごえている。あいつらはいたずらに苦しんでいるだけだ。でも、降服しようとはしない。やつらはもう、どうしてここにいるのか、どうして戦争をしているのかわからなくなっている。それでもここにとどまって殺されていくだろう。考えるより死ぬほうがずっとらくだからだ」先生の最後の言葉は、ぼくがふりかえって顔を見かえしたほど悪意をふくんでいた。そんなときの先生を見たら、この人が笑ったことなんて今まで一度もなかった、と思ってしまうだろう。でも、ほんの一時間前に、先生が飢えた子どもたちの気をまぎらわそうと冗談《じょうだん》をいっていたのを、ぼくは聞いたばかりだった。

「ぼくたちは降服したよ。イタリアの軍隊は降服したのに、ドイツ兵はどうして降服しないの？」

ルイージさんは笑った。「わたしたちイタリア人はな、勝利の進軍を、栄光をのぞんでいただけなのだ」先生はためらっていたが、告白でもするようにしんけんにいった。「わたしはファシストだったのだ」

ぼくは肩《かた》をすくめた。「ぼくのお父さんもそうだった。みんなそうだった」

「グイド、みんながそうだったわけではないのだ！　そんなことをいってごまかしてはいけない……。わたしはくわしすぎるぐらい歴史の書物を読んだ。シーザーやローマ帝国《ていこく》のことを読んだ。わたしは、書物のなかの文章の間の余白になにが書かれているのか気づかなかった。その余白に書かれているものこそ、語られてもいないし書かれてもいない真実を、わたしたちに思いださせるものなのだ。言葉だけを読んで、書物に書かれていないものを読まないと、わたしたちはものごとを理解することができなくなるのだ」

ルイージさんはよく、ぼくをめんくらわせる話し方《かた》をした。そんなときぼくは、ナポリを去るまえにぼくに十リラくれたあの伯爵《はくしゃく》を思いだした。「どうして書いてないことが読めるの？」ぼくは、もっと知りたくてたずねた。

# 19 カッシノ

「子どもが最初に読み方を学ばなければならないとき、言葉というものはどれもよくにた無意味な記号のジャングルに思えるだろう。それでも子どもは、一つ一つの文字を、そして一つ一つの言葉を識別《しきべつ》できるようになり、しまいには文章をそっくり読めるようになる。書かれていないことを読むのはそれよりずっとむずかしいし、骨《ほね》の折れることだが、それでもできるのだ……。ムッソリーニの演説を思いだしてごらん。わたしはムッソリーニがローマで演説するのを聞き、群《ぐん》衆《しゅう》といっしょに熱狂《ねっきょう》してさけんだものだ。わたしはそこで話されたことを考えていただけで、話されなかったことは考えてもみなかった。彼《かれ》はイタリアの栄光について語ったが、死や飢えについては語らなかった。彼は悲惨《ひさん》な現実を語らなかった。彼は罪のない人々の流す血のことを語らなかったのだ」

「わかったよ」と、ぼくは熱心にいった。ルイージさんがなにをいいたいのかわかってきた。しかし、先生はそんなことにおかまいなく、一人でしゃべりつづけていた。

「わたしにわかっていたならな。語られない言葉がわたしに聞こえていたならな。わたしは群衆といっしょになって喚声《かんせい》など上げなかったろう。でもな、グイド、わたしには聞こえなかったのだ。ほとんどの者には聞こえていなかった。はずかしいことだ」ルイージさんは体をふるわせた。

「寒いよ」と、ぼくはいった。「もどろうよ」ぼくはルイージさんの腕《うで》をとった。

「語られなかった言葉が、今トランペットのように鳴りひびいている！」と、ルイージさんはささやいた。「トランペットのように鳴りひびいているのだ」

ぼくはマリオを見おろしていた。マリオは広い部屋の片《かた》すみにおかれたマットレスにねていた。

「死んでしまうの？」アンナがささやいた。

「わからないよ」と、ぼくは答えた。

アンナはマリオのそばにひざまずいた。唇《くちびる》がふるえている。《泣《な》きだすだろうな》と、ぼくは思った。

ぼくの予想はちがっていた。アンナは弟の額に手をあてると、部屋の天井《てんじょう》を見あげ、なにかつぶやきだした。お祈《いの》りをしていたのだ。《マリオは死ぬだろうな》と、ぼくは思った。涙《なみだ》が目にあふれ、ほほを流れおちていくのがわかった。

「神様のご意志です」

だれがそういったのかと、ぼくはふりかえった。一人の修道士がそばに立っていた。そんなことあるもんかとさけびたかった。神様がマリオのような小さな子どもにこんな苦しみをおあたえになるなんて信じられなかった。でも、修道士の顔をのぞきこみ、彼も苦しんでいることに気づき、ぼくはなにもいわなかった。

アンナは修道士の声《こえ》を聞くと、怒《いか》りをたたえた暗い目でふりかえった。「そうよ。神様のご意志でしょうよ！　神様は男だから。でも、マリア様はそんなことを許されないわ。マリア様は女だからよ」

修道士はやさしくほほえんだ。でも、そのやさしい笑顔《えがお》が、アンナをいっそういきりたたせた。

「この世の中を支配している神様は、マリア様のいうことに耳をかたむけないのよ。だから、戦争になるんだわ。神様は、マリア様を天国の一室にとじこめてしまったのよ。それで、わたしたちのお祈りがマリア様にとどかないんだわ」

修道士は悲しそうに顔をしかめた。彼は人々の不幸をひじょうに強く感じとっていた。その修道士が、配給されるわずかばかりのパンのほとんどを人にやってしまっていることも、ぼくは知っていた。


修道院の広い庭に出て立っていると、アンナがまたきいた。「マリオは死んでしまうの？」

死なないよ、というつもりだったのに、ぼくはつぶやくようにいってしまった。「そうだよ」

「あの子が死ぬのは、まえからわかっていたわ」

ぼくはおどろいてアンナを見た。長い間いっしょにいたのに、まだアンナのことがわかっていなかったのだ。「どうしてそんなことがいえるんだ?」ぼくは怒《おこ》っていった。

「ずっと昔、わたしにおじさんがいたの。戦争のまえに死んじゃったけどね。わたしたちの猫《ねこ》が子どもをうんだとき、おじさんは、子猫《こねこ》を一匹《ぴき》だけ残して、あとは水につけて殺しちゃったの。そうよ、神様はそんなことをするのよ。マリオは水につけて殺されようとしている一匹の子猫なのよ」アンナは最後の言葉をまるで泣いているときのようにごちゃごちゃといい、それから、ほんとうに泣きだした。アンナはぼくにだきつくと、肩《かた》に顔をうずめた。なにかいいたかった。アンナのいったことはまちがっている、と感じていたからだ。でも、ぼくも泣いてしまった。

朝、マリオのそばにいたとき声をかけてきた修道士が、その夜、ほかのなん十人もの人々といっしょに廊下《ろうか》でねているぼくたちをさがしにやってきた。先生がぼくたちにずっと昔の歴史の話をしてくれていた。先生はまわりの世界からぼくたちの気持ちを――そしてたぶん自分自身の気持ちも――そらそうとしていた。アンナは修道士を見るとたずねた。「死んだの?」

修道士はためらってからいった。「いいや、まだ死んではいない。でも、あの子は一晩《ばん》もたないと思うのだよ」

アンナは立ちあがった。「わたし、そばについてるわ」と、アンナはいった。

「ぼくもそうするよ」と、ぼくはいった。

アンナはうなずいた。しかし、先生のルイージさんがいっしょにいっていいかときくと、アンナは首を横にふった。でもアンナは、二、三歩はなれてから先生のほうをふりかえり、ほほえんだ。「ありがとう……ありがとう……」と、アンナはくりかえしいった。

マリオはま夜中ちょっとすぎに死んだ。ねむっているうちに息をひきとった。アンナとぼくは、朝日が窓《まど》からさしこんでくるまでマリオのそばにすわっていた。マリオの死に気づいた一人の修道士が、遺体《いたい》の上で十字をきって顔に毛布をかけた。

「この子は家に帰ったのだよ」と、その修道士はぼくたちにいった。

《この世の中は、マリオにろくな家をあたえなかったんだ》と、ぼくは考えた。どうしてだかわからないが、ぼくは初めて話をしたときのマリオの姿《すがた》を思いだした。あのときマリオは、ドイツ人将校《しょうこう》からお金をもらおうとして、自分から泥《どろ》をのみこもうとしていた。

「死んだのか？」先生はぼくたちを見て、それから頭をたれた。そして、ぼくたち二人をだきかかえ、自分の体にひきよせたが、もうなにもいわなかった。

# 20 洞《どう》窟《くつ》

一月の末に、カッシノの町で戦争がはじまった。ぼくたちはその戦いを修道院からじっと見ていた。「ぼくたち」というのは、ルイージさんとぼくのことだ。アンナは、マリオが死んでから修道院の塀《へい》の外へ出たがらなかった。アンナは台所で修道士たちの仕事を手伝っていた。夜明けから夜ねるまで、アンナと顔を合わせないこともよくあった。

「あの下にはどのくらい人がいるのかな?」ルイージさんは、谷のずっと向こうに煙《けむり》が立つのを見つめながら大声《おおごえ》でいった。砲列《ほうれつ》が火をふいた。砲弾《ほうだん》が駅の近くで炸裂《さくれつ》した。ぼくたちが立っているところから見ると、ほんとうにおこっていることのようには見えなかった。砲弾が炸裂しているのが、どんなふうになっているのか想像できなかった。

「あいつら、だんだん山の上へうつってくるね」ぼくは、昨晩《さくばん》、修道院の近くにつくられた、ドイツ軍の新しい大砲陣地《たいほうじんち》を指さしていった。

「ドイツ兵は修道院のなかへは入ってこないと約束したが、そんな約束がいつまでもつだろう？　それに、ドイツ兵がここにいないと、向こうの軍にわかるのだろうか？　グイド、いつか谷のあの大砲がここにねらいをつけるぞ。きっとそうだ。ここを出たほうがいい……出たほうがいいぞ」先生は、ここに着いてから、毎日いっていた言葉をくりかえした。

とくに理由もなかったが、今日はその言葉を聞いて腹《はら》が立った。「一人でいけばいいじゃないか」

長い間ルイージさんはだまっていたが、やがてそっとささやくようにいった。「たぶん、そうするだろうな」

ぼくはおどろいてルイージさんを見た。先生がぼくたちをおいて、一人でいってしまうなんて、本気で考えたこともなかった。

「グイド、おかしなことだと思わないか？　わたしは今でも生きたいのだ。わたしは中年で結婚《けっこん》もしていないし、ほんとにいい先生でもない。だらしなかったし、生徒たちはわたしをばかにして笑《わら》った。でも、わたしは生きていたい。わたしは昨晩《ゆうべ》考えた。自分にいい聞かせたのだ。《ルイージ、おまえはここに残って死んでしまえ》しかしそのとき、わたしはそれに答えた。《いやだ、死にたくない》と。グイド、わたしがなににいちばんおどろいたかわかるか？」先生は谷をながめた。「わたしをいちばんおどろかしたのはな、その声《こえ》がわたしにさけびかけたことだったのだ。怒《いか》りにあふれた声だった。今朝《けさ》目をさましたとき、自分が生きているのを感じた。わたしは学校で教えたかったが、今ならそれができるとわかったのだ」

「アンナが、出ていくというかどうかわからないんだ。ぼくはアンナといっしょにいるつもりだよ」ぼくは、アンナのしずんだ顔を思いうかべて頭をふった。

「アンナのとこへいって話してこい、グイド。すぐにここには食糧《しょくりょう》がまったくなってしまうだろう。今朝十人の人間が死んだ。そのなかには、わたしがほんの昨日話しかけたばかりのじいさんがまじっていた。わたしはこわい……わたしは死人がこわいのだ」初めて会ったときイアーソンと名のった男は、途方《とほう》にくれて足もとを見おろしていた。

「アンナに話してみるよ。でも、アンナがいきたがらなければ、そのときはぼくもここに残るよ」

「アンナを見つけておいで。さあ、アンナに話しておいで」ルイージさんはたのみこむようにいった。流れ弾《ながれだま》が一発、修道院のずっと下の山の斜面《しゃめん》で炸裂した。「すぐに砲弾がここをねらってとんでくるようになる。飛行機もおそってくるだろう。グイド、アンナに話しておいで」

ぼくはアンナをさがしにまず台所へいったが、そこにはいなかった。アンナは長い廊下の、ぼくたちがいつもいる片《かた》すみに、背中《せなか》を壁《かべ》にもたれてすわっていた。ぼくたちが夜、布団《ふとん》がわりに使っていたぼろを足にまとっていた。ぼくは、アンナのとなりの床《ゆか》の上に腰《こし》を下ろした。アンナは両足をこすりあわせていた。足にしもやけができると、いちばんやっかいなことになる。足があたたまるとかゆくなり、あまり強くかくとひふがむけてしまう。そうなると出血し、歩けなくなる。

「ワセリンかオリーブ油が少しでもあればなあ」と、ぼくはいった。しかし、ワセリンはなかったし、オリーブ油は、あれば料理に使われてしまったろう。

「もうなにもないのよ、グイド。どんなものだろうとなんにもないのよ。子どもたちのために少しはとってあるけど、食べ物はもうないのよ」

アンナを台所でさがしていたら、なべのなかのスープが見えた。それは、わずかのあぶらみと油と、ほんの数枚《すうまい》の月桂樹《げっけいじゅ》の葉の入った、お湯にすぎないものだった。

「アンナ、ぼくたちはここを出ていかなければならないんだよ。ルイージさんは、ここもすぐ戦いにまきこまれると思っているんだ」

アンナには、ぼくのいったことが聞こえないみたいだった。アンナはひざの上にくみあわせた自分の手を見つめていた。「おぼえている、グイド？」

ぼくはまごついて、アンナをちらっと見た。おぼえているって、なんのことだ？　アンナは顔を上げなかった。

「おぼえている？　マリオが泥《どろ》を食べたときのことよ」アンナはいやに静かな声でいった。「おぼえている？」

「ああ……ああ、おぼえているよ」

「わたしはいったでしょう？　あの子は死んでしまうって」

「そうだったかな」と、ぼくはあいまいに答えた。ナポリでマリオに初めて話しかけた日にどんなことがあったのか、みんな思いだそうとした。

「わたしはそういったのよ、そして、あの子からお金をとりあげてしまったのよ」

やっとぼくは思いだしたが、反対もできなかったので、だまっていた。

「わたしは悪い子だわ、グイド！　悪い子なのよ」アンナがあまり悲しげな目でぼくを見あげたので、ぼくは顔をそむけた。

「アンナ」と、ぼくはささやいた。「ぼくたちはみんな悪いんだよ。ずっとまえに、ぼくはパンをもっていないといったことがあるだろ。あのとき、ぼくはポケットにパンを半分以上もかくしもっていたんだ」

ぼくがそう白状すると、アンナは口もとにかすかな笑いをうかべた。マリオが死んでから、初めて見せたほほえみだった。ぼくはふと廊下《ろうか》の向こうの一点に目をやった。そこには、数日前、カッシノから二枚《まい》の大きな写真をもってやってきた老夫婦がねていた。その写真は、壁《かべ》にたてかけてあったが、いっちょうらを着て、しんけんな面持ちで世の中をじっと見つめている男女の写真だった。

「あのおじいさんは死んだのよ」と、アンナがささやいた。「ちょっとまえにわかったのよ」

ルイージさんの恐怖《きょうふ》が初めてわかった。「ここを出よう！　ここにいれば、ここがぼくたちのお墓になってしまう。ぼくは生きていたいんだ。ルイージさんのように、ぼくは生きていたいんだよ！」ぼくは両手でアンナの顔をはさんで、むりやりぼくの目を見させた。「アンナ、ぼくたちは悪くないんだ。ぼくたちはよくもないんだ。ぼくたちは小さな魚なんだ――貧乏《びんぼう》だから、悪くもよくもなれないんだ。でも、生きていく権利《けんり》はあるんだ！」

ぼくは、大砲《たいほう》の音の聞こえてくる方向《ほうこう》を指さした。「あいつらは悪くないというのか？　だれかがあいつらに、殺し合いをしろ、ぼくたちを殺せと命令しているんだ。ぼくはそんなことはしなかった。グイドはしなかったんだ！」

「あなたはいい人だわ」と、アンナがささやいた。

「ちがう！　ちがう！　ちがう！　ちがうんだ！」ぼくがいいたいのは、そんなことではなかった。「いっしょに出ていくかい？」アンナが顔をそむけようとしたが、ぼくはそうさせなかった。

「もしいかないならぼくもここに残るよ。ぼくのためにもきてくれよ」

アンナの目に涙《なみだ》があふれてきた。それから、聞きとれないほど低い声でささやいた。「わたしは、あなたがいくとこなら、どこへでもいくわ、グイド」

アンナの言葉を聞いて、うれしさのあまりとびあがって笑った。そのとき、ぼくたち二人はきっと生きていけると思った。

ぼくは、ルイージさんをさがしに広間からかけだそうとして、老夫婦がもってきた写真の前で立ちどまった。ぼくはその写真をやぶって、くしゃくしゃにしてしまいたかった。ガラスや額ぶちまでも。しかし、ぼくはおじぎをしただけだった。ぼくは思った。《いいや、グイド、おまえはいい人なんかじゃないぞ。おまえは小さな魚なんだ。でも、強いひれをもっているし、つり針《ばり》も見わけられるんだぞ》

日にちも曜日もわからなくなった。土曜日も、水曜日も、火曜日も、みんな同じになってしまった。寒さと飢《う》えだけだった。ぼくたちは二月初めの朝早く修道院を出発した。山には雲が立ちこめていた。はるか下のカッシノでは、大砲のずしんという音や機関銃《きかんじゅう》のぱちぱちいう音がしていた。

ぼくたちはまず北に、それから東に向かい、戦場を通りぬけて、連合軍に解放されたという地域《いき》へたどりつこうとした。ぼくたちは前線に近づくたびに追いかえされた。二度ばかりは兵隊に命令されてそうしたが、たいていは銃撃《じゅうげき》を受けてそうしたのだった。五日間、ほとんど食べるものもなく、山のなかをさまよっていた。そのあとけがをしたやぎを見つけ、それを殺して食べた。その間、ぼくたちは荒《あ》れはてた羊飼《ひつじか》いの小屋に三日間とどまっていた。やぎはやせ細っていたのであばらには肉はほとんどついていなかったが、心臓《しんぞう》とレバーはうまかった。そのやぎがいなかったら、ぼくたちは飢《う》え死《じ》にしていたろう。地面に雪がつもっていたから、水はふんだんにあった。つらい、きびしい冬だった。アンナのかかとと足の指がしもやけになり、ひふがやぶれていた。ぼくたちはきたなかった。髪《かみ》の毛《け》もよごれてもじゃもじゃになっていた。

カッシノ平野を山がとりまいていたが、その一つの山の東側の山腹《さんぷく》で、ぼくたちはドイツ軍陣《じん》地《ち》を通りぬけることができた。四つんばいになって山腹を下っていくと、大きな声がした。「その場を動くな！」

その男は、イタリア語でそういうのとほとんど同時に、姿《すがた》をあらわした。男はぼくたちより一メートルばかり下のところで、体をほんの半分だけやぶにかくしてふせていた。「地雷《じらい》があるんだ」と、男は注意してくれた。「こっちへはってくるんだ。立つんじゃない。でないと、うたれてしまうからな」

ぼくはドイツ軍陣地をちらっとふりかえった。ひっそり静まりかえっているように思えた。それで、自分がなにをしているのか気づかずに、ぼくは立ちあがりかけた。

「ふせろ！」と、男はさけんだ。

とたんに、砲弾がぼくたちの頭上をとびこし、ほんの五十メートルしかはなれていない場所で炸裂した。その音でしばらく耳が聞こえなかった。

「はってついてくるんだ」と、その男はいった。「腹ばいでだぞ！」

ぼくたちは山腹を下りはじめた。さらに二発の砲弾が炸裂した。それは谷からとんできた。どちらも近くには落ちなかった。ドイツ兵が発砲しているのだとわかった。ぼくたちは両陣地の中間に入りこんでいた。両軍がその場所をはさんで戦い、兵隊たちはそこを「無人地帯」と呼《よ》んで

いた。

「あそこだ」と、その男は前方《ぜんぽう》を指さした。

そこは洞窟《どうくつ》だった。入り口はせまく、一部が大きな岩でかくされていたが、天井《てんじょう》は高くて、
アンナとぼくはかがまないでなかに入れた。

洞窟そのものは大きいにちがいないのだが、なかにあまりたくさんの人がいたから、小さく見えた。ぼくたちは冷たい外気にさらされてきたから、洞窟のなかの悪臭《あくしゅう》が倍もひどく思えた。いたるところに人がねていた。修道院と同じように、そこにいたのは大かた女と子どもだった。男は年よりだけだった。

この地方《ちほう》で戦争がはじまると、百人以上の人々がこの洞窟に避難《ひなん》した。それからもう一か月以上にもなっていた。

ぼくたちが入っていっても、だれも立ちあがらなかったが、みんな目だけはぼくたちのほうに向けていた。洞窟のずっと奥《おく》で女がうめいていた。

「生まれたのか?」ぼくたちを洞窟につれてきた男がいった。その男の顔を見て、ルイージさんより年よりだとわかった。

女の一人が首をふった。「まだだよ」

った。

「子どもが生まれそうなんだ」と、男はぼくたちにいった。

「まえに洞窟のことを話してくれたわね、グイド」アンナは、そうささやいて、ぼくの手をにぎった。

ぼくはだまってうなずいた。ぼくの考えていた洞窟は、ナポリにいたころ住んでいたような洞窟だった。女は、苦しがっている動物のようにまたうめき声を上げた。《生まれたがる赤ちゃんもいるんだな》と、ぼくは思った。《世の中へ、こんなとこでさえ、こんなに寒くてきたない洞窟のなかでも、生まれてきたがる赤ちゃんもいるんだ》

# 21　救　　出

洞窟《どうくつ》の床《ゆか》や壁《かべ》は冷たくじとじとしていた。ときどき、ねている人々の上に天井《てんじょう》から水滴《すいてき》が落ちてきた。空気はよごれていたが、牛小屋のなかのようにあたたかかった。食べ物はなにもなかった。さっきぼくたちが会った男は、迷子《まいご》のやぎか羊でもつかまえられないかと、食べ物をさがしているところだったのだ。ぼくが食べ物がないというときは文字どおりない。でも、この洞窟の人々は食べていた。山腹《さんぷく》にはえている小さな木の皮をはいでにたり、若《わか》い枝ならなまで食べたりしていた。でも、それはやぎの食べ物で、人間のおなかを満足させてくれるものではなかった。

ぼくたちがやってきた夜、女の人は赤ちゃんを生んだ。男の子だった。生まれたばかりの赤ちゃんはおかしな泣《な》き声《ごえ》を立てていた。猫《ねこ》の鳴《な》き声《こえ》にそっくりだった。

「おちちがぜんぜん出ないのよ」と、アンナがぼくにいった。ぼくたちは洞窟の外にすわっていた。そこにいれば岩のおかげで下の谷からは見えなかったし、やぶがあるから上のドイツ軍の大《たい》砲陣地《ほうじんち》からも見えなかった。ここで食事がつくられていたのだが、今日は火をたけなかった。昨日、その煙《けむり》が大砲《たいほう》にねらわれたからだ。

「お母さんがなにか食べないと、あの赤ちゃんは死んでしまうわ」と、アンナがいった。

ぼくはなにもいわなかった。この数日のうちに洞窟のなかでたくさんの人が死んでいくと思っていたからだ。《赤ちゃんは》と、ぼくは考えていた。《赤ちゃんは、女の人にとっては――アンナのような女の子にとってさえ、とても大切なものなんだな》洞窟のなかの子どもの一人が死んでも、この赤ちゃんが死ぬほど、女の人たちは悲しまないだろう。そのくせ、赤ちゃんはなにも知らないのだ。生まれて三日しかたっていないし、おちちをくれとか、あたたかくしてくれとかいって泣くだけなのだ。赤ちゃんが生まれたとき、女たちのなかでいちばん年よりのおばあさんでさえ、今まで自分の場所から動いたこともないのに、赤ちゃんを一目見ようと足をひきずってやってきた。目つきに若々《わかわか》しさがもどった女たちは、口もとにほほえみをうかべて、つっつきあいながら、そっといいあっていた。「まあ、まあ、なんて美しい男の子だこと！」おじいさんはやってこなかった。男たちは、洞窟の入り口をじっと見つめたますわっていた。彼《かれ》らは赤ちゃんの泣き声を聞いて、いっそう深い絶望を感じたからだと思う。赤ちゃんの泣き声を聞いていると、自分の家を失ってしまったのがわかるのだ。

「だれかが助けをもとめにいかなけりゃだめだ。だれかが戦場を通りぬけて、わたしたちがここにいるのを谷の兵隊に連絡しなければだめだ」ルイージさんは、ぼくたちの知らないうちに洞窟から出てきていた。ルイージさんはきっぱりとそういった。

ぼくは岩のほうへ腕《うで》をふった。「あの人たちは——この下にいる兵隊は、だれなの？」

「そんなことがどうだっていうの？　あの人たちは人間だわ」と、アンナがいった。

いく日も山のなかをさまよい歩くうちに、兵隊とはこわいものだということがわかってきていた。銃《じゅう》をもった人間はだれでもだ。

「下にいるのは連合軍だ、もうわたしらの敵ではない」ルイージさんは声《こえ》をひそめた。「それにな、彼《かれ》らは勝っている。気をよくしているのだ」

「ぼくもいっしょにいくよ！」ぼくは大声《おおごえ》でいった。しかし、そういってから、ルイージ先生がまだいくとはいっていないのに気づいた。

「地雷《じらい》がいちばん危険《きけん》だな」と、先生はつぶやいてから、声をはりあげていった。「どうして二人も死ななきゃならんのだ？」

地雷と聞いてぼくはこわくなった。そんなもので死ぬのは、おそろしい気がした。「二人なら通りぬけられる可能性が倍になるよ」ぼくはそういってアンナを見た。アンナがいくなといってくれるのを期待していたが、アンナはだまって地面を見つめながらすわっていた。

洞窟のなかのどこかで赤ちゃんがはげしく泣いていた。おとなのあやす声がしていた。《ぼくはこわがっているんだ》と、ぼくは思った。《でも、ここにいるよりやってみたほうがずっといい。もうすぐみんな洞窟のなかで死にはじめる。そのときになってなにができる？　死んだ人をうめてやることさえできないんだ！》

女の人がマリア様の名をとなえてお祈《いの》りをしている声が聞こえてきた。ぼくはほほえみをうかべた。神様がマリア様を天国の一室にとじこめてしまい、だから、ぼくたちのお祈りを聞きとどけてもらえないのだ、というアンナの言葉を思いだした。

「マリア様」と、ぼくはつぶやいた。「部屋からお出ましになり、マリア様の子であるぼくたちを救ってください。そうでないと、ぼくたちは死んでしまいます」

夜になった。先生とぼくは洞窟の外にたたずみ、谷を見おろしていた。暗かったけど、雪あかりでながめることができた。

「わたしたちは、五十メートルほどはなれて、この山をはって下りるのだ。そうすれば、一人が地雷でやられても一人は助かる。それからな、グイド、おぼえておけよ」ルイージさんは声をひそめた。「おぼえておけよ。わたしがやられても助けになどこないで、ただ前進するんだ！」

ぼくたちはだきあい、おたがいの両ほほにキスをしあった。そのあとで先生がささやいた。

「わたしは今でも王子イアーソンなのだ、グイド。この下に金の羊皮をかくしているのだ」

ほんの数メートルばかりはってすすんだとき、アンナの声が後ろから聞こえてきた。ふりかえるまえに、すすんでいくルイージさんの姿《すがた》を見た。先生は雪のなかをすばやく移動していた。もう山腹を下りはじめている。五十メートルはなれるとすれば、ぼくはもっとずっと左のほうをはってすすまなければならない。

「グイド」アンナがささやいた。

「ぼくは通りぬけてみせるよ」ぼくはそういってからあわてていいなおした。「ぼくたち二人とも通りぬけてみせるよ、アンナ。ぼくたちは通りぬけてみせる」

アンナはぼくの顔を両手ではさむと、両方《りょうほう》の目にキスをした。「グイド、あなたはわたしのお兄さんなの、お父さんでもあるわ……あなたしかいないのよ」アンナの声はふるえていた。きっと泣いていたのだ。でも、アンナはぼくを押《お》しのけると、洞窟のなかへかけこんでいった。

ルイージさんの姿はまだ見えていた。ぼくたちは大きな岩の近くをすすみ、ひらけた場所はさけた。偵察兵《ていさつへい》に発見されるのがこわかっただけでなく、山はだが土でおおわれている場所は、地雷をうめやすいからだった。ぼくの手は寒さでこごえていた。一度、ルイージ先生が休んでいるのを見てぼくも休み、雪を食べてのどのかわきをいやした。おなかがいたかった。でも、飢《う》えのためではなく、こわかったからだと思う。

人けのない山は静まりかえっていた。一瞬《しゅん》、立ちあがって山を歩いて下りたくなった。「ルイージさん」姿はもう見えなかったが、声は聞いてもらえると思ってささやいた。「アンナ……お母さん……ピエトロ神父さん……だぶだぶじいさん……」ぼくに親切にしてくれた人たちの名前をみんな、山をはいおりながら、暗闇《くらやみ》に向かってささやいた。

地雷がうつろな重苦しい音を立てて炸裂《さくれつ》し、地面がゆれ動いた。まぶしい光にぼくは目がくらんだ。

「ルイージさーん！」ぼくは絶叫《ぜっきょう》した。先生の返事はなかった。上方のドイツ軍陣地《じんち》が機関銃《きかんじゅう》をうちだした。砲弾《ほうだん》はずっとはなれた場所にとんでいった。「ルイージさーん！　ルイージさーん！」ぼくはつぶやきながら、顔を両手にうめた。

長い間、ぼくは身動きしないでふせていた。そのうちに夜の寒さでじっとしていられなくなり、はいだした。

低くて太い声がしたが、知らない言葉だった。ぼくは岩の後ろにかくれてからさけんだ。「ぼくは子どもなんだよう！」それから、この山腹にはイタリア人の子どものほかはいるはずがなかったけれど、ぼくはさけんだ。「ぼくはイタリア人の子どもなんだよう！」

その声の主がふたたびなにかをいったので、ぼくは同じ言葉をくりかえした。すると、もりあがった岩の後ろから、兵隊が銃をぼくに向けながら姿をあらわした。目をつぶってはいだしながら、ぼくはなん度もなん度もくりかえしいいつづけた。「ぼくはイタリア人の子どもだよ……ぼくはイタリア人の子どもだよ」

兵隊はぼくの顔にさわると、むりやり自分のほうに向かせた。その顔はぼくと同じように泥《どろ》だらけだった。兵隊は、ぼくが目に恐怖《きょうふ》をたたえているのに気づくと、ほほえみをうかべた。うれしそうなほほえみではなかったから、ぼくはほっとした。その兵隊は手をさしだした。ぼくはその手を唇《くちびる》にもっていきキスをした。

その見知らぬ兵隊は、ぼくにかまれたみたいに手をひっこめたが、そのあとで、ごめんよといって頭をなでてくれた。

ぼくたちは長いことならんではってすすみ、やがてほかの兵隊たちのいる場所に着いた。そこは機関銃陣地《きかんじゅうじんち》だった。ぼくを見つけた兵隊が将校《しょうこう》になにか報告した。将校はとても若かった。だれもイタリア語をしゃべらなかった。その将校はチョコレートを一枚《まい》くれた。ぼくはそのチョコレートを食べ、アンナの分ももらおうと思った。チョコレートをもっていってやったら、どんなにおどろくだろうと考えたからだ。

一人の兵隊が、ついてこいとぼくに手をふった。今はまっすぐ立って歩くことができた。まわりは兵隊ばかりだった。トラックが一台あった。アメリカ国旗がそのドアに描《えが》かれていた。やっと一軒《けん》の家にたどりついた。その家は破壊《はかい》され、ほとんど使いものにならなかったが、階下の一室はまだこわれていなかった。

ぼくたちは、ドアとカーテンの二つでしきられた部屋に入った。その二つで、部屋のあかりが外にもれるのをふせいでいたのだ。部屋のなかには十人あまりの人がいたと思う。ほとんどの人が立っていたが、一人は机《つくえ》にすわって手帳になにか書きこんでいた。ぼくが机のところへつれていかれると、みんながふりかえってぼくを見た。

その将校は手帳から顔を上げ、ぼくに質問した。

ぼくは頭をふった。将校のいったことがわからなかった。すると、今まで気づかなかった若い男が歩みよってきた。「どこからきたのか？」と、若い男はイタリア語でいった。

「山からです」と、ぼくはいい、後ろのほうを指さした。

「あそこにはドイツ兵がいるのか？」

「います」と、ぼくはいきおいこんで答えた。「あそこにはドイツ兵がいます」

机にすわっている将校がその若い男になにかいった。将校は話しながら、ぼくから目をはなさなかったから、そのイタリア人に、ぼくになにをきくべきか指示しているのだとわかった。

「おまえは一人なのか？」

「もう一人のおじさんといっしょにきたんだ……ルイージさんときたんだ！」と、ぼくはさけんだ。「たぶんおじさんは死んでないんだ。たぶん山腹にたおれているだけなんだよ。地雷が炸裂したんだ。でも、おじさんはぼくにいけと……いかなきゃいけない、といったんだ」

将校は、ぼくが話している間じゅう、やさしくほほえみをうかべていた。しかし、ぼくのいったことを若い男が通訳すると、将校はいたましげに顔をゆがめた。それから、ぼくは洞窟のことやなかにいる人たちのことを話した。将校は目をそらした。

「みんな飢えているんだ！　みんな飢えているんだよ！」と、ぼくはくりかえしいい、それから、若いイタリア人のほうを向いてさけんだ。「みんなが飢えているというのをわすれずにいってください。百人以上の人と、あそこで四日前に生まれた赤ちゃんがいるといってください」

イタリア人が通訳しおえると、アメリカ人将校はぼくを見てほほえんだ。そのほほえみは、山でぼくが会った兵隊のほほえみと同じだった。

「おまえはドイツ兵のいる場所がわかるか？」

ぼくはうなずいた。この将校がぼくたちを助けようと思っているのがわかったからだ。

「友だちを助けだしてあげよう」と、そのイタリア人がいった。背《せ》の低いやせた男で、北部の人のようなイタリア語を話した。「でも、明日の晩《ばん》まではむりだ。まず洞窟の上方のドイツ軍の機関銃陣地を、とりのぞかなければならないからだ」

《アンナがこれを知ってさえいたなら》ふと、ぼくは思った。《アンナがこれを知ってさえいたなら》またルイージさんのことを思いだし、だれかをいかせてさがしてほしいと将校にたのんだが、こんどはイタリア人は通訳しようとしなかった。

「坊《ぼう》や、その人は死んだのだ。死んでいるんだ。たとえ生きていても、その人のために兵隊の生命を危険《きけん》にさらすことはできない。でもな、死んでいるのはまちがいないよ」

ぼくは泣《な》きだした。彼のいうとおりだ、とわかっていたのだ。アメリカ人将校が立ちあがって近づいてきた。将校は軍服のポケットをさぐり、チョコレートを一枚とりだした。しかし、イタリア人の将校がぼくをだきよせた。ぼくはその軍服のかげにかくれて泣いた。

# 22 再会

「ほら、みんなやってくるぞ」
ぼくは、二日前の晩《ばん》に出会ったイタリア人将校《しょうこう》のとなりで地面にふせて、洞窟《どうくつ》のある山のほうへ目をこらしていた。「見えないよ」と、ぼくはささやきかえした。青白い光が東のほうからさしてきた。
夜があけてきた。
「みんな、まもなくやってくるよ」と、イタリア人はいってほほえんだ。

ぼくはほほえみかえした。この人は、どこかルイージさんを思いださせる。先生と同じで、この人も自分に自信をもっていなかった。ぼくには親切にしてくれた。服をさがしてきてくれ、将校たちの使っている農家で体を洗《あら》わせてくれた。兵隊たちはアメリカ人だった。でも、カッシノには、カナダ人も、イギリス人も、フランス人も、ポーランド人も、ぼくが今まで聞いたこともないずっと遠くの国の兵隊もいた。ぼくの着ている服は兵隊のものだった。ぼくには大きすぎたが清潔だった。この数年で初めて体からしらみがいなくなった。

「もう見えるだろ?」

将校が指さした。その指のしめす方向《ほうこう》にそって目をこらすと、白い雪のなかを、黒っぽい岩の間をぬうように黒い点が動いていた。思ったほどはなれていなかった。アンナの姿《すがた》を見つけだそうとしたが、みんな同じようにしか見えなかった。

「どうしてもっと早くこなかったの? これじゃ明るすぎるよ」と、ぼくは不安になっていった。ぼくたちに見えるなら、きっとドイツ兵にも見えるはずだ。

「偵察兵《ていさつへい》が洞窟をさがしだすのに手間どったのだろう」

「どうしてぼくをいかせてくれなかったんだ」ぼくは怒《おこ》っていった。将校はほほえみをうかべ、肩《かた》をすくめただけだった。ぼくが偵察兵を洞窟へ案内していこうといったとき、アメリカ人将校はもう少しでいかせてくれるところだった。しかし、このイタリア人が顔をしかめて、英語でアメリカ人将校になにかいった。ドイツ兵がいる場所をぼくが教えておいたので、彼《かれ》らは一日じゅうドイツ軍陣地《じんち》に迫撃砲《はくげきほう》をうちこんでいた。たぶんドイツ兵はみんな死んだのだろう。

やっとみんなは、一人一人を見わけることができるほど近くまできた。先頭に兵隊たち、そのあとからアンナやほかの大部分の子どもたちがしたがい、その次に女や男がいた。最後尾《さいこうび》にまた兵隊がいて、体が弱って歩けない数人の老人をはこんでいた。

一台の機関銃《きかんじゅう》が、山のずっと上のほうで火をふきだした。前かがみで歩いていた人々は、体をまっすぐのばして走りだした。

「アンナ！」ぼくはさけんで、とびあがった。

ガァーン……ガァーン……ガアーン……ぼくたちの左右で迫撃砲がうつろな音を立て、機関銃の音はやんだ。

「グイドー」アンナがさけび声《ごえ》を上げた。

アンナにとまらないで走れと合図をしたが、アンナはぼくのところへかけてきてしがみついた。

「走るんだ！」アメリカ兵が怒《おこ》ったような身ぶりをした。ぼくはアンナの手をとると、ほかの連中といっしょにかくれ場所へ向かって走った。

「もっとずっと後ろにいくんだ。前線から下がれば、食べ物があるぞ」イタリア人将校は、こわれた農家の前に立ちどまるとそうどなった。

「隊長さん……」洞窟にいた一人のおじいさんがさけんだ。「わしははだしなんじゃ。くつもあるんじゃろうか?」

「後ろへ……ずっと後ろへいくんだ……」イタリア人将校は道の先のほうへ腕《うで》をふった。

しかし、みんなはだまってその将校を見つめて立っていた。将校はイタリア語をしゃべった。みんなを救った兵隊たちはイタリア語をしゃべらなかった。

初老の将校がその家から出てきた。オーバーを着ていた。これまでに見たことのない顔だった。将校はぼくたちをながめ、ドアのところに立っている若い兵隊になにかをひとことふたことといった。しばらくして、別の兵隊が一杯《ぱい》のコーヒーをもってきた。将校はコーヒーを吹いてさますと、ゆっくりすすった。

「じゃあな」と、イタリア人将校はぼくと握手《あくしゅ》した。「気をつけていくんだぞ、グイド」

「ありがとう」と、ぼくはいい、《あなたも気をつけて》と、いおうとしたが、オーバーを着た将校に呼《よ》ばれてイタリア人はすぐにそっちをふりかえった。

その見知らぬ将校が、大声《おおごえ》で、ひじょうにそっけなくなにかをいった。

「わたしたちがきたない、といっているのよ！」と、アンナは怒って顔をゆがめた。

「どうして話していることがわかるんだ。あの人はイタリア語で話してるんじゃないぞ」

「わたしにはわかるわ……ほら、あの人がどんなふうにわたしたちを見ているか、見てみてよ！どう見たって、わたしたちはきたならしいだけだわ」

ぼくはほほえんだ。ぼくたちはもうその農家からずっとはなれていた。ぼくもあの初老の将校には一瞬《しゅんいか》怒りを感じたのだ。いっていることばはわからなかったけど顔の表情を見ればどんなことをいっているのかよくわかった。

「アンナ、人をにくんでばかりいてはいけないんだよ」カッシノの町から、砲弾の炸裂する音が聞こえてきたが、カッシノはもう数マイル後ろになっていた。

「グイド、どうしてあなたはにくまないでいられるの？」

「ぼくだってにくんでいるんだよ、アンナ……でも、そんなにひどくではないんだ……」ぼくはうまく説明できなかった。アンナには、ぼくがいい人だとか、ピエトロ神父のように悪を許すんだなどと思ってもらいたくなかった。「戦争や」ぼくはふたたびいいだした。「災難——きっとそこに問題があるんだ。もし、ぼくたちのきたないとこだけを見て、なぜきたないのかを考えないあの男をにくむなら……そうしたら……そうしたら……」ふいにぼくは、自分がいいたいことがわかった。「そうしたら、ぼくがあの男と同じになってしまうだろう。ぼくたちが今まで生きぬいてきたことは、無意味なものになってしまう、季節が羊にとって意味がないように。わかろうとすること……」と、ぼくはいった。「ぼくたちが動物とちがうのは、わかろうとすることだよ。わかろうとすれば、どんなにみじめなときでも、それなりにしあわせになれるんだよ」

「わたしたちをきたないといったあの男を許せというの？」

アンナのもじゃもじゃの髪《かみ》と泥《どろ》だらけの顔をながめた。「そうだよ。許さなきゃいけないんだ」と、ぼくはいった。でも、ぼくがいいたいのはそんなことではなかった。人間をわかろうとしなきゃいけないんだといいたかったのだ。ふいに、黄色いガウンを着て立っている老伯爵《ろうはくしゃく》の姿《すがた》が頭にうかんできた。ぼくは笑《わら》いながら考えた。《伯爵なら、ぼくのいいたいことを理解してくれたろうな》

「わたしはずっといっしょにいていいの、グイド？」アンナの声はふるえていた。アンナは、洞窟からいっしょにやってきた避難民《ひなんみん》のほうをちらっと見た。「あなたがいなくなったとき、とてもこわかったの。ほんとうに一人ぼっちだったわ。地雷《じらい》が炸裂《さくれつ》した音を聞いて、あなたを助けにいきたかったのよ。でも、あまりにおそろしくて。まっ暗な夜だったし」

ぼくはほほえみをうかべた。「ぼくたちはいつまでもいっしょにいるんだよ」

ぼくたちは長い間、だまって歩いていた。やがてアンナは、前方《ぜんぽう》の道を見つめながらいった。

「わたしたち、どこへいくの、グイド？」

ぼくは、今まで歩いてきた道を一つ残らず思いだした。家へ、ぼくたちが住める場所にいける道はなかったのか？

「伯爵のおじいさんがいるんだ。ナポリにいたころ、ぼくたちは知り合いだった。その伯爵は、ナポリから自分の領地の一つに帰るまえに、ぼくに十リラくれた。もしかしたら、その人が見つかるかもしれない。金持ちなんだ。ぼくたちを助けてくれるかもしれない」

「十リラは大金だわ。大金持ちにちがいないわ」アンナはそういうと、しんけんにうなずいた。

「そうだとも。伯爵をさがしてみよう」と、ぼくはいった。アンナはいつも、旅の終わりとなるゴールをもたなければ気がすまないのを、ぼくは知っていたから。

# 作者あとがき

戦争が終わってなん年もの間、被災者《ひさいしゃ》が戸外をさまよっていた。夜になると彼《かれ》らが玄関先《げんかんさき》やこわれた家のなかでねているのを、わたしは見たことがある。

わたしは、アンナとグイドがりっぱに生きぬいて、幸福になったと、そしてだれかが最後には二人をひきとったと思いたい。それも、伯爵《はくしゃく》ではなくて、あの粉屋か、土地はもっているが子どものないお百姓《ひゃくしょう》のような人に。でも、こんな願いは、夏の雲のようなもので、乾《かわ》いた大地に雨すらふらせないものなのだ。

本作品中に、差別的な表現が使用されている部分がありますが、会話のなかであることや、本作品の背景となる時代を考え、あえて使用されたものです。読者の皆様のご理解をいただけますよう、お願いいたします。（編集部）

# もう一つのあとがき――訳者の言葉

きみたちは、この物語を読んで、どんなふうに考えるのだろうか。ぼくは、ぼくなりにこの物語を読み終わって、思ったことをのべてみたい。おそらく、若《わか》いきみたちの考えることとは、ちがうかもしれない。ぼくは一九四一年にグイドと同じ十一歳《さい》で、グイドの生きた世界を生きてきた。だから、きみたちの考えとくらべてもらいたい。ぼくの考えることとちがっても、そうすることで、きっと、きみたちは自分の心のなかに、グイドがいるのがわかると思う。戦争というものがどんなものか、わかると思う。

ずっと昔から、人間の世界には、いい考えと悪い考えがあった。それはちょうど、ピエトロ神父と「だぶだぶ」の考え方《かた》のちがいのように。しかし、実際の世界では、ピエトロ神父や「だぶだぶ」とちがって、いつも、いい考えをもった人間は、悪い考えをもった人間を、悪い考えをもった人間は、いい考えをもった人間をやっつけようとする。おたがいににくしみあうことしかできなくなる。やがて、自分は正しいのだからといって、相手をなぐっても平気になるし、人殺しだってしかねなくなる。しまいには、戦争になっていく。戦争をして人を殺すことは悪いことだと、だれもが知りながら。

だから、どちらがよくて、どちらが悪いとか、悪いやつはやっつけなければ、と考えるかぎり、この世の中から戦争はなくならないのではないかと思う。そして、昔から今に至るまで、どこかで、人間は戦争をしている。これからも、いい者と悪い者がいるかぎり、いや、そんな人間がいるのではなく、人間が、そんなふうな考え方をするかぎり、戦争はなくならないだろう。

でも、もう一歩つっこんで考えてみると、いいことでも、悪いことでも、それは、ぼくたち一人一人が考えて、それをまた自分たちで判断していくものだ。つまり、よくとも、悪くとも、それは、同じ人間どうしのいだいた考え方の相違《そうい》にすぎないのだ。つまり、どちらの側の人間も、ぼくと同じ人間なのだ。グイドが、泥棒《どろぼう》をナイフで殺さなかったのも、相手が同じ人間だとわかっていたからだ。そして、そう考えることが、じつは人間としていちばん大切なことだし、同時に、いちばんむずかしいことなのだと思う。グイドはけっして、立派《りっぱ》な少年ではない。うそはつくし、盗《ぬす》みはするし、ごまかしはする。しかし、グイドは、いつまでも、人間らしさを、相手も、同じ人間なのだという考えをなくしてはいないのだ。グイドがこの作品のなかで「わかろうとすること」が必要だといっているのは、このことだと思う。

やがて、きみたちもおとなになっていく。おとなになるにしたがい、グイドがきみたちの心のなかから逃《に》げだそうとする。そのとき、グイドを思い出してもらえたら、と思う。

ぼくは、グイドをいつまでも心のなかにもちつづけることが、ほんとうにむずかしいことだと思っている。たとえば、ぼくたちのまわりを見まわしてみよう。あれが悪い、これが悪いということはたくさんある。しかし、他人をせめるのはかんたんだし、そういうことで、自分がいい人間になったような気になることはできるが、そのために、その相手を同じ人間だと思えなくなってしまう。これはむずかしい問題なのだ。

なぜむずかしいか、一つだけ例をあげてみよう。ぼくは、道を歩いていたとき自動車が走ってくると、よく、なんて乱暴《らんぼう》な運転をするんだと腹《はら》を立てた。ところが、自分が自動車を運転すると、道を歩いている人間は、なんて不注意でじゃまなんだと腹が立ってきたのをおぼえている。つまり、人間は、ことに、おとなになるにしたがい、相手が自分と同じ人間なのだということをわすれてしまうのだ。

自動車の話が出たから、ついでに、もう一つ自動車の話をしておこう。きみたちも知っているとおり、よっぱらい運転がどんなに危険《きけん》なものかは、よく知られている。そんなことは小学生だって知っている。それなのに、いつまでたっても、よっぱらい運転がなくならない。それどころか、よっぱらい運転をじまんしているおとながいる。やがて、きみたちも、おとなになっていく。そして、運転する側の人間になるのだろう。そのとき、グイドを思い出してもらいたい。よっぱらい運転なんてしない、そういったささやかな行為《こうい》のなかにグイドがいるのだし、戦争といった大きな問題を考えるいちばん大切な心が、ふくまれているのではないかと思うからである。

一九六七年に発表された、エリック・ホガードの『小さな魚』は、ボストン・グローブ・ホーン・ブック賞を受け、ついで、ブック・ワールド児童文学賞、ジェーン・アダムズ児童文学賞とさまざまな賞を受賞した作品である。読んでいただければ、どうして賞をもらったのか、理解していただけると思う。

この作品は、第二次世界大戦下のイタリアで、孤児《こじ》グイドが、アンナとマリオという二人の仲《なか》間《ま》を守りながら、戦争による飢《う》えと孤独《こどく》と恐怖《きょうふ》のなかを生きぬいていく物語である。そして、グイドは、戦争を、戦争をおこすおとなたちの世界を理解するようになる。これは、ある意味では、おとなの世界への痛烈《つうれつ》な批判《ひはん》でもある。しかし、この作品の底に流れている強いヒューマニズムは、グイドという主人公とともに、一度読んだらわすれられない深い感動をだれの胸《むね》にも残すであろう。

エリック・ホガードは、バイキングの世界を描《えが》いた第一作『バイキングのハーコン』（冨山房《ふざんぼう》刊）以来、五つの作品を書いている。作品の数は少ないが、それだけに、それぞれの作品に作者の強い熱意と良心が感じられるすぐれた作品になっている。

ホガードは自分のことを「放浪者《ほうろうしゃ》であり、詩人」だといっているが、『小さな魚』には、たましいの放浪者としての、また詩人としての作者の特徴《とくちょう》がよく現れていると思う。

ホガードは一九二三年四月十三日にデンマークのコペンハーゲンに生まれたデンマーク人である。十七歳《さい》のとき、アメリカに渡《わた》り、後にカナダに移る。第二次世界大戦にパイロットとして参加し、イタリアへもいっている。その体験が『小さな魚』を生みだしたと思われる。現在はアイルランドに住んでいる。作品はいずれも英語で書かれている。

なお、この物語のイタリア語の読み方《かた》については、イタリア政府観光局（エニット）のイッポリト・ビンチェンティ・マレリ夫人にいろいろと教えていただいた。

犬飼　和雄

一九六九年六月

## 再版のためのあとがき――太郎《たろう》との出会いより――

この『小さな魚』という作品との出会いは、わたしにとってかけがえのない出会いだった。この作品が再版されるということは、かけがえのない出会いに、もう一つかけがえのない出会いが重なった、今そんな感動が追《せま》ってくるのを覚える。

わたしがこの作品を初めて手にとったのは、もう三十年近く昔のことになるが、そのときの新《しん》鮮《せん》な感動は、少しも昔のことになっていない。それだけ、この作品はすばらしい作品であった。わたしがこの作品との出会いに感動し、その後、この作品の作者、エリック・ホガードのほかの作品や児童文学作品を翻訳《ほんやく》したり、紹介《しょうかい》したり、研究したり、それどころか、自分で児童文学を書いたりするようになった。それほど、この作品との出会いは、わたしにとってかけがえのないものであった。

いや、それ以上にわすれがたい出会いが、この作品との出会いから生まれたのである。それは

「太郎《たろう》」との出会いだった。「太郎」との出会いは、ホガードとの出会いでもあった。

わたしはこの作品の作者、エリック・ホガードといつしか文通するようになった。ホガードはデンマーク人だが若いときアメリカに渡《わた》っている。第二次世界大戦ではカナダ空軍のパイロットとしてイタリアでドイツ軍と戦っている。そのときの体験をもとに書かれたのがこの作品で、その後、歴史児童文学をいくつも発表している。そういうこともあって、わたしはホガードと文通しているうちに、ほんの思いつきから、というより、こんな話をしても万が一にも実現する可能性はないという気安さから、山梨《やまなし》の武田一族の興亡史《こうぼうし》はおもしろい、日本に来て武田の興亡史を素材にして作品を書いてみないかと手紙に書いた。わたしは甲府《こうふ》に住み、武田の一族の興亡史に興味を持っていたからである。一九八〇年のことだった。

ところが、ホガードが、甲府に来て武田の一族の興亡を背景《はいけい》に作品を書きたいといいだしたのである。わたしの手紙の書き方《かた》がうまかったのでホガードがその気になったのかもしれないが、わたしは狼狽《ろうばい》し頭をかかえてしまった。ホガードは日本語がまったくできないから、万が一ホガードが甲府へ来たら、武田一族の興亡史を英語でしゃべらなくてはならなくなる。それも一日や二日ではない。半年になるか一年になるか、そんなことはわたしには不可能だった。

わたしが頭をかかえているうちに、ホガードは甲府へ来てしまった。一年間、わたしたち二人の武田一族の興亡史の勉強が始まってしまった。その一年はわたしにとって地獄《じごく》の勉強の連続だったが、今までにないほど緊張して勉強ができたのも事実であり、甲府でのホガードという作家との出会いもかけがえのないものであった。

一年たって、ホガードは武田二十四将《しょう》の一人、秋山信友を中心に作品が書けそうだといって、アイルランドへ帰っていった。当時も今も、ホガードはアイルランドに住んでいる。帰るときに、作品の主人公は武田の子で少年だが、名前はなんとしたらいいのだろうかと質問した。そのとき、わたしも武田一族の興亡を背景《はいけい》に作品を書く準備をしており、主人公の少年の名前を太郎にしていた。そんなこともあり、武士の男の子の名前だとすれば、太郎ならいちばん無難だろうと考えた。そこで、太郎にしたらどうだろうとホガードにいった。そのとき、同じ太郎を主人公とした二つの作品が生まれたら、勉強の成果としてはおもしろいものになるだろうと安易に期待していた。

一九八四年、わたしは武田一族の興亡を背景にした作品『でいらぼっちの松』(ぬぷん児童図書出版刊)を発表した。主人公の少年は太郎だった。その年ホガードも武田一族の興亡を背景にした作品『侍《さむらい》の物語』("Samurai's Tale"、未訳)を発表した。わたしはホガードから送られてきたこの作品を読んで、主人公が太郎だというのに気づいて、ごく単純によろこび、ホガードのこの作品は、わたしにとってもかけがえのないものだと思った。太郎を主人公にした二つの作品を前にして一人で感動していた。

しかし、それも、ホガードの作品を読み始めるまでだった。少し読んでいくうちに、わたしの顔から血が引いていった。わたしを愕然《がくぜん》とさせたのは太郎という名だった。ホガードの太郎は次男で、兄がいるのである。太郎という名前が長男にしかつかえない、ということを、わたしはホガードに説明しなかった。わたしのミスからこのようなミスがおこってしまったのである。今さらとりかえしのつくことではなかったが、それだけにホガードの太郎との出会いは、しかし、ある意味ではわたしにとってわすれがたい、かけがえのない出会いでもあった。『小さな魚』との出会いと同じようにホガードの「太郎」との出会いは、今でもわたしの心のなかに生きている。

一九九五年九月

犬飼　和雄

# 新版発刊にあたって──父エリックの提案

『小さな魚』の再出版について、本当に嬉しく思います。訳者の犬飼和雄さんが亡くなられたことは、とても残念です。父エリックは日本を訪問し、犬飼さんともかなり親しくさせていただきました。

一つお伝えしたいことがあります。父は常々、この本のタイトルは、もしかしたら読者に内容を伝えるには不十分かもしれないと思っていたことです。そのため、副題を加えることを提案していました。例えば「モンテ・カッシノの陥落」のような副題をつけることで、物語の背景がよりわかりやすくなるのではないかと考えていました。ですから、『小さな魚─モンテ・カッシノの陥落』というようなタイトルにしてはどうか？　父エリックの提案でした。

このたびの再版のお話は、大変素晴らしいお知らせです。心から感謝いたします。

二〇二四年十一月

マーク・ホガード

## 新版に際して——ホガード氏と父犬飼和雄との思い出

今年の元旦、父犬飼和雄が九十三年の人生の幕を閉じた。その大半を児童文学の翻訳、執筆、そして収集に費やしてきた。父の人生がこのように児童文学漬けになったのは、本書『小さな魚』の翻訳を冨山房から依頼されたことがきっかけであった。その後の児童文学への熱の入れようはすさまじいもので、『バイキングのハーコン』や『どれい少女ヘルガ』の訳を担当した時は、バイキング船の精巧な模型を作って居間に飾ったり、家の至る所にバイキング関連の物が登場したのだった。更には、原作者のエリック・ホガード氏を甲府の実家に招いて、一年間、武田氏の興亡についての共同研究をも始めてしまったのである。

その時、私は『小さな魚』の主人公グイドと同じ歳であったが、意見や立場の異なる相手も、同じ人間として理解しようとする高い精神性を兼ね備えた彼とは程遠い位置にいた。毎週日曜日には、高天神城《たかてんじんじょう》、岩村城《いわむらじょう》、設楽ヶ原《したらがはら》など、武田氏ゆかりの地を訪ねてまわることが、ただただ楽しいだけの子供だった。私はホガード氏にすぐになつき、「ホガードさん、ホガードさん」と後を付いて回ったが、そんな私を彼は温かく見守ってくれたし、戦争でカナダ空軍のパイロットとして従軍した時の話を、時にユーモアを交えて、真剣に話してくれたりもした。

一年間のホガード氏の甲府滞在は、父に更なる児童書への情熱を注ぎこみ、法政大学第十回国際シンポジウム「世界の中の児童文学と現実」の開催に漕ぎつけた。そこにはホガード氏をはじめとした世界の児童文学作家が集い、夢のような会議であったと聞いている。

このように父の人生の転換点となった『小さな魚』は、ことのほか社会にも受け入れられ、読書感想文の「課題図書」にも指定された。改訂版も出版され、その一冊は父のサイン入りで我が家の本棚に鎮座していて、子供たちも読んだりしていた。その後、長い間品切れ状態であったようだが、このほど、富山房企畫から新版として再び出版して頂けるとの連絡があった。

およそ半世紀前の発行であるが、今もなお、色あせることのない普遍的なテーマが文脈から伝わってくる。我々は第二次世界大戦で戦争の悲惨さを学んだはずなのだが、その後も、ベトナム戦争、アフガニスタン紛争、ミャンマー内戦、そしてウクライナ・ロシア戦争と、いつになってもこの世界から戦争がなくならず、これらの戦争で被害を受けるのはいつも決まって子供たちというのも、変わりがないことと思われる。

このような時だからこそ、読み継がれるべき図書として、再びの出版は待ち望まれたものであったし、この知らせを最も喜ぶのは、天国にいる父ではないだろうか。多くの方々が本書を通してグイドやアンナを心の友に加えて頂けるようにと願っている。

二〇二四年八月

犬飼岩魚

作者・エリック・C・ホガード
（Erik Christian Haugaard）


1923年デンマーク生まれ。渡米後，英語で創作活動を始める。主な児童文学作品に，『バイキングのハーコン』，『どれい少女ヘルガ』，『風のみなしご』（いずれも冨山房刊）などがある。児童文学のほかに，詩作や劇作の分野でも活躍し，アンデルセンの作品の英訳者としても知られている。2009年死去。


訳者・犬飼和雄（いぬかい かずお）


1930年神奈川県生まれ。法政大学名誉教授。著書に、『記紀に見る甲斐酒折王朝』（レターボックス社）、『でいらぼっちの松』（ぬぷん）、訳書に『心にひめた物語』『風のみなしご』（以上、冨山房）『モヒカン族の最後』（ハヤカワ文庫）などがある。2024年死去。


小さな魚［新版］——モンテ・カッシノの陥落
エリック・C・ホガード 作
犬飼和雄 訳

一九六九年七月十日 初版 第一刷発行
一九九五年十一月二十四日 改訂新版第一刷発行
二〇二五年四月二十九日 新版 第一刷発行

発行者 坂本嘉廣
発行所 ㈱冨山房企畫
東京都千代田区神田神保町一-三 〒一〇一-〇〇五一
電話（〇三）三二三三-〇〇二三
発売元 ㈱冨山房インターナショナル
東京都千代田区神田神保町一-三 〒一〇一-〇〇五一
電話（〇三）三二九一-二五七八

印刷 ㈱冨山房インターナショナル
製本 加藤製本株式会社





ISBN＝978-4-86600-128-9 Cコード＝8097